黄河赤子

刘巧玲 著

远方出版社

图书在版编目（CIP）数据

黄河赤子 / 刘巧玲著. -- 呼和浩特：远方出版社，2022.3

ISBN 978-7-5555-1695-8

Ⅰ. ①黄… Ⅱ. ①刘… Ⅲ. ①中国文学 - 当代文学 - 作品综合集 Ⅳ. ① I217.2

中国版本图书馆 CIP 数据核字（2022）第 031799 号

黄河赤子
HUANGHE CHIZI

作　　者	刘巧玲
责任编辑	董美鲜
责任校对	贺鹏举
封面题字	杨德明
照片提供	李时光
封面设计	高　博
版式设计	韩　芳
出版发行	远方出版社
社　　址	呼和浩特市乌兰察布东路 666 号　邮编 010010
电　　话	（0471）2236473 总编室　2236460 发行部
经　　销	新华书店
印　　刷	内蒙古爱信达教育印务有限责任公司
开　　本	787 毫米 × 1092 毫米　1/16
字　　数	220 千
插　　页	8
印　　张	18.5
版　　次	2022 年 3 月第 1 版
印　　次	2022 年 3 月第 1 次印刷
印　　数	1—3 800 册
标准书号	ISBN 978-7-5555-1695-8
定　　价	58.00 元

如发现印装质量问题，请与出版社联系调换

乔根善

在办公室

与妻子合影

与"内蒙古好人"等合影

与道德模范合影

在表彰大会现场　　　　　　　　　　在呼和浩特市第十四届人民代表大会第五次会议现场

在呼和浩特市第十四届人民代表大会第五次会议现场

现场指导

与员工谈话

在生产车间

现场指挥

指导工作

在筑路工地指挥车辆

在施工现场

在厂区

在北堡乡发放爱心白面和大米

向贫困群众发放爱心白面和大米

送温暖·献爱心活动

在窑沟乡发放爱心白面和大米

在韭菜庄乡发放爱心白面和大米

在喇嘛湾镇发放爱心白面和大米

挽扶村民

看望村民

与村民攀谈

接受作者采访

"君子津"古渡口

喇嘛湾黄河公路大桥

序　言

　　清水河县位于内蒙古自治区首府呼和浩特市最南端。它面向长城，西濒黄河，可谓是得天独厚、人杰地灵之地。我多次深入清水河县采访，走过沟沟壑壑，领略山山水水，见证这个"老少边穷"之地，砥砺经年，不负韶华，从国家级贫困县到美丽山城的蜕变，并深深地爱上这片黄土地。这山、这水、这人，使我感到：久居钢筋水泥塑造的森林，拉开了人与人之间的距离，失去了生活的温度，也销蚀了人们的激情和斗志。只有深入群众，融入真真切切的乡村生活，才能激发起创作的灵感和热情。这里有取之不尽的素材、百听不厌的故事、撕心裂肺的感动和采撷不完的果实……这些成了我文学创作的原乡。

　　2021年3月，一个乍暖还寒的日子，我接受清水河县委宣传部的邀请，去采访清水河县具有传奇色彩的人物乔根善。

　　踏上这片黄土地，未见到乔根善之前，我一直在想：乔根善在当地

黄河赤子

是一个响当当的人物，有人说他是民营企业家，有人说他是慈善家，也有人说他是社会活动家……他究竟是怎样一个人呢？他有着怎样的艰辛历程？在他的身上到底凝聚了怎样的精神呢？

首次采访是在乔根善的公司进行的。当我走进清水河县东华商砼有限公司的大门时，眼前一亮：天空瓦蓝瓦蓝的，没有一丝云彩。在蓝天的映衬下，背靠山梁，一片开阔平整的土地上，矗立着6个标有"东华商砼"的巨大的水泥罐，分外引人注目。整个厂区俨然一个偌大的建筑工地，不见高楼，只有蓝白相间、大小各异的彩钢房有序排列着。硬化过的地面上，整齐地停放着挖掘机、装载机、压路机、洒水车等重型机械车辆；没有硬化的土地是一大片菜地。这一切足以让人联想到，一个企业创业初期朝气蓬勃的景象。

"这就是一个资产上亿元、捐助上千万元的民营企业家的办公之地吗？"带着这样的疑问，我走进公司大门旁的一排彩钢房，这里就是乔根善董事长的办公室。他正在打电话，见我进来，挂了电话，起身相迎，让我坐在沙发上。他给人的第一印象是身材高大、浓眉大眼，令人顿生敬畏。但他一笑起来，憨憨的、朗朗的，又让人倍感亲切。他虽已年近古稀，但一头黑发又浓又密，看上去要比实际年龄小许多。

乔根善很忙，或有人来找，或一个电话，他又得忙去了。为了抓紧时间，我直截了当、单刀直入地提问题。

"乔总，您是搞建筑工程的，成天修桥铺路，为什么没有给公司盖一座像样的办公楼呢？"

序　言

乔根善掏出一支烟点上，吸了一口，喷出一口烟雾，说："主要有两个原因：一来在这里办公，便于安排工作，便于管理，省得跑来跑去，提高工作效率；二来我舍不得，想把盖办公楼的钱省下来，为父老乡亲多做些有意义的事情。比如，每年春节前，我们都会为全县8个乡镇的贫困户和65岁以上的老人，捐赠白面和大米。"他这一番话，令人肃然起敬，我感觉他是一个有传奇故事的人。

"乔总，您再说说，对您一生影响最大的人是谁？"

乔根善不假思索地说："当然是我母亲。我的母亲啊，她像一条河！我12岁那年，因为难产，她永远地离开了我。这成了我心中永远的痛。"说完这些话，他已泪水涟涟。一位老人谈起已离开他半个多世纪的母亲，还这样动容，可想而知，那定是一位可爱可敬、善良伟大的母亲啊！

乔根善很少给人讲他几十年的奋斗史，有些记忆翻晒一次，所经历的那种苦痛，恐怕还要重新真切地感受一次。

乔根善又点上一支烟，狠狠地吸了一口。他望望窗外，缓缓地追溯起那些往事。乡村生活是他记忆中的宝库，城镇生活则是他直面前行的人生，他在记忆与前行中来回穿梭着……随着采访的深入，我真切地感受到他是一个阅历丰富、感情真挚、有着浓厚的传统积淀和文化底蕴的人。

追随乔根善艰苦创业、扶贫济困的足迹，我走进他的家乡喇嘛湾镇，走进父老乡亲的家里，走进清水河县城……聆听人们讲述他真实、感人的传奇故事。"50后""晋商后裔""草根创业者""民营企业家""优

黄河赤子

秀党员""优秀人大代表""劳动模范"……这些贴在乔根善身上的标签，常常为人津津乐道。从人们的讲述中，我能感受到乔根善的心劲和干劲、追求和向往。其实，在众多的身份和荣誉中，乔根善最认可的身份是共产党员和人大代表。因为这两个身份更接地气，更能体现他的信仰、使命、责任和担当。

乔根善家祖祖辈辈生活在黄河岸边的喇嘛湾镇。这里有久负盛名的"君子津"古渡码头，这里的人大多以跑河路为生，乔根善的父兄曾是河路汉。乔根善吃着黄河水，听着"君子津"的故事长大，在正直无私、淳朴善良、诚信担当、仁义友爱的黄河文化和精神的浸润下，有着黄河般坦荡的胸怀和汹涌澎湃的责任与担当，向清水河、向神州大地，奉献上一颗赤子之心。几十年来，乔根善为家乡、为社会做出的每一件实实在在的事情，都蕴含着理想信念、家国情怀、党员的信仰和人大代表的风采。传统文化、黄河文化、晋商文化早已融入他的血脉，丰润着他的灵魂。"穷则独善其身，达则兼善天下"，既是他立身处世的座右铭，也是他追求的人生理想。可以说，乔根善把青春奉献给了艰难岁月，把热血奉献给了路桥事业，把爱心奉献给了农民工兄弟，把赤子之心奉献给了家乡和祖国。他的创业之举、奋斗之行、坚守之意、奉献之心，是人们与伟大的祖国同呼吸、共命运的缩影；他身上所体现出的各种精神，折射出"中国精神"的光芒。

每一位了解乔根善的清水河人都对他的事迹如数家珍。采访中，有个4岁的孩子说："乔爷爷是修路的，门前的路就是他修的。"他的品质、他的为人、他的善举，妇孺皆知。有一句"口头禅"流传了许多年："有困难找老乔。"这些年，乔根善带领他的农民工兄弟，在清水河县的大地上，修了600多千米的公路乡道，架设了24座桥梁，有口皆碑；每年花几十万元捐款捐物，有目共睹。正像祖辈赐予他的名字"根善"一样，他以"黄河赤子"的家国情怀，怀善成长、向善而行、向死而生，成就了他的传奇人生。

高山有根，大河有源。乔根善的大爱渊源何在？

在喇嘛湾镇乔根善的家乡采访，有两个情景印在我的脑海里挥之不去：一个是黄河，这条奔流不息的母亲河，千百年来，以连接黄河上游的黄金水道，养育了这里的几代人，造就了乔根善的赤子之心。另一个是一棵具有传奇色彩的、400多岁高龄的古树——大杨树。此树看似老态龙钟，却以千疮百孔诠释岁月的沧桑，以枝叶茂盛展示百折不挠的气节。凝望着这棵树，我想起乔根善说的几句话："男儿当自强。人这一辈子能活成一棵树，就别做一根藤。总依附着别人拉扯着前行，只能是一程一时。一旦树倒了，你肯定会被摔得鼻青脸肿。凡事靠自己，才是一个人真正的底气和骨气。"想着他的话，有几句歌词从耳边飘过："头顶一个天，脚踏一方土，风雨中你昂起头，冰雪压不服。好大一棵树，任你狂风呼，绿叶中留下多少故事，有乐也有苦。欢乐你不笑，痛苦你不哭，撒给大地多少绿荫，那是爱的音符……"这不正是乔根善人生的真实写照和真我本色吗？努力笑对人生，昂首向天歌。

黄河赤子

本书通过乔根善的创业故事,展现了他在中国共产党的领导下不畏艰难、勇于创新的创业精神与奋斗初心,以《黄河赤子》冠名。

每一个成功的企业家都有不同的创业历程。不论哪个时代,心怀梦想、敢于挑战、满腔激情、永不言败,都是创业者的显著特征。伟大的时代,普通人的生产力和创造力,既不是天上掉下来的,也不是别人施舍的,而是凭借勤劳、智慧和勇气,用双手创造出来的。

乔根善是"草根创业者",其创业历程长达半个多世纪,历经国家的沧桑巨变,见证国家由计划经济走向市场经济的改革开放全过程。他的奋斗史就是改革开放以来,中国人民脱贫致富的历史,他的梦想和追求就是"中国梦"在"个人梦"中最好的体现。他的企业从无到有、从弱到强,可以说是浓缩版的中国民营企业的发展奋斗史。

创作完成后,我写下《黄河赤子》这首诗:

> 建党百年时,华夏气象新。
> 黄河多跌宕,不忘弄潮人。
> 悠悠报国志,拳拳赤子心。
> 根系穷百姓,善德亦长存。

华发不改青春志,岁月永葆赤子心。一个人所做的事情,没有比同时兼顾国家的需要、人民的期盼和时代的召唤更为重要。乡村振兴、共同富裕已成为当代人的重要使命和历史责任。希望站在时代风口浪尖的创业者们，继续以勇往直前的勇气和敢为人先的精神，参与改革，书写新时代的人生传奇。

作　者

2021 年 10 月

目录

序　言

引　子

第一篇　一条大河波浪宽

第一章　乔河畔，成长的摇篮　/ 9

第二章　走西口，乔家祖辈的生存抉择　/ 16

第三章　祖父的人生智慧　/ 23

第四章　黄河在咆哮　/ 29

第五章　心中永远的痛　/ 35

第六章　最初的苦难　/ 43

第二篇　莫让年华付水流

第一章　鲜衣怒马少年时　/ 53

第二章　一入木工深似海　/ 59

第三章　不负韶华行且知　/ 66

第四章　身无彩凤双飞翼　/ 72

第三篇　九曲黄河万里沙

第一章　父兄曾是河路汉　/ 81

第二章　砸掉手中的"铁饭碗"　/ 86

第三章　带出一支"锹头队"　/ 92

第四章　来自草原的人生启示　/ 98

第五章　不信河畔只生"穷"　/ 104

第四篇　欲渡黄河冰塞川

第一章　天堑变通途　/ 113

第二章　人生皆苦唯有自渡　/ 118

第三章　寻找"夹缝"中的商机　/ 128

目 录

第四章　心有多大,天地就有多大　/ 131

第五篇　乘风破浪会有时

第一章　"铁军"是这样炼成的　/ 143

第二章　风雨同舟兄弟情　/ 151

第三章　逢山开路,遇水架桥　/ 161

第四章　向死而生　/ 173

第五章　架起一座"希望之桥"　/ 184

第六篇　海纳百川心胸宽

第一章　有困难找老乔　/ 193

第二章　同为生意人　/ 201

第三章　信仰如河　/ 209

第四章　百善孝为先　/ 214

第五章　夫妻恩爱苦也甜　/ 218

第六章　齐家之本　/ 227

第七篇　直挂云帆济沧海

第一章　"逆行"在火灾一线　/ 239

第二章　富泽桑梓守初心　/ 246

第三章　人大代表显风采　/ 254

第四章　走共同富裕之路　/ 264

第五章　黄河之子的本色　/ 272

尾　声

后　记

引 子

大病初愈的乔根善,像大地一样从冬寒中苏醒过来。

经过这个冬天之后,乔根善渐渐明白,谁也躲不过风雪,无论是蜷缩在屋子里,还是远在另一个地方,纷纷扬扬的雪花都会落在你正经历的那段岁月里。当一个人的岁月像草原一样敞开时,他便无法照管好自己。欢乐和痛苦,从来都是一体的。

乔根善拄着拐杖来到窗前,一阵潮润的春风从半开的窗户吹进来,那浓郁的青草气息,直向他的心里钻。他张大嘴深深地呼吸,陶醉在那种久违的、像痛饮甘露的春风中。他明白自己终于从一个迷离的世界走出来,感受到春天的气息。

乔根善向窗外张望着,远处的群山连绵起伏,变得嫩绿了。近处山坡上的小草悄悄地钻出地面,嫩生生、绿油油的,整个世界像刚从一个漫长的睡梦中苏醒过来。春风剪过裸露的千树万树,娇嫩的柳条尚不敢

黄河赤子

肆意抽生，海红果树却勇敢地绽放着。漫山遍野被纯白的花朵渲染着，满目皆是春。

乔根善被窗外的美景吸引着，扔掉手中的拐杖，抓起一个保温杯，迈着碎步走出去。贾秀女喜出望外，提起一个小马扎，拿了件外套，紧紧跟在丈夫的身后。

乔根善和贾秀女走进一片海红果林，风儿拂过脸颊，空气中弥漫着一缕缕花香。站在海红果树下，贾秀女说："你看，满树的繁花，那么鲜，那么美，像善良甜美的仙子，令人赏心悦目、心旷神怡，一点儿也不比桃花逊色。"乔根善说："常言道，家有五棵海红果树，顶一个好儿子。它可是乡亲们的'摇钱树'啊！"在喇嘛湾生长着许多果树，其中海红果树最负盛名，已有千余年的种植历史。它是一种经过多年优胜劣汰生存下来的稀有树种。无论土地多么贫瘠，不管气候多么严寒，它以庞大的根系守住水土、守住生态、守住品格。它不需要修剪，春天开花，秋天结满红红的果实，能红透半壁江山，甜浸人们的心田。海红果树是大众化的树，也是惠民的树。它临风霜、战酷暑的昂扬斗志，勤劳奋进、朴实无华的精神风貌，不正是清水河人的写照吗？

微风吹来，花瓣飞舞着落在地上，带着几分凄美的伤感。童年往事，像一片薄薄的纸片"窸窸窣窣"响过之后，像黄河水弯弯曲曲，缓缓流淌进乔根善的心田，勾起他的回忆。有人说，这就是一种孤独，就是一个人老去的征兆。乔根善从来不服老，如果不是这个结肠癌手术，他一直感觉自己还是一个血气方刚的中年人。他之所以回到家乡来养

引 子

病，是因为他感觉喇嘛湾四季分明，气候宜人，景色迷人。东边的凤凰山蜿蜒逶迤，西边龙头圪旦山下的黄河奔腾不息，4座跨河大桥如苍龙盘踞。一排排砖瓦房点缀在青山绿水间，不失为一幅集山、水、桥为一体，舒展开来的画卷。这里就是他心灵的港湾，再苦再累，只要踏上这片土地，就能感受到一种说不出的温馨和安详。真可谓：贫穷时不忘家乡，富有时故土难舍。

看着眼前的美景，乔根善似乎听到了黄河的波涛声。他迫不及待地走向马路，不停地前行，朝着黄河的方向走去。

司机将车开过来，停在马路边，贾秀女扶乔根善坐在副驾驶座上，自己也上了车。

车，向前开去……

乔根善从车上下来，望了望川流不息的喇嘛湾黄河公路大桥，步履蹒跚地来到传说中的黄河古渡口"君子津"遗址。以天空、树木、石壁和山峦为背景，黄河仰卧在微波之上，阳光穿过尘埃，像大河一样苍黄，周遭一片安详。他仿佛看到一位敞开胸怀的母亲，脸上泛着笑意，那么亲切慈祥，坦坦荡荡。他感觉自己变成一个婴孩，依偎在母亲的怀抱里，疼爱中有一丝忧伤，压抑和沉重一扫而光。

他面山壁而立，倾听黄河水热烈的絮语，仿佛看到儿时在黄河边挑水的身影，仿佛听到在冰面上打猴儿、溜冰车的欢闹声……

和煦的春风吹遍黄河边上每一个角落，和暖的阳光照耀在水面上，春天正从他的脚下升起。堤上的小草，岭上的树木，都长出了新芽嫩

黄河赤子

叶，呈现勃勃的生机和无限的希望。

乔根善望着河对面龙头圪旦山上的丛丛绿树，自豪感从心底升起。当年，这座山划归准格尔旗的时候，他花钱买下了这些树，那是喇嘛湾人用了几十年时间亲手种下的。这成千上万的树已成林。多少年过去了，他没有动过一棵树，别人也没有动过。它们像身披绿色戎装、手持利剑的卫士，站岗放哨，守卫着母亲河。

贾秀女扶乔根善在马扎上坐下，给他披上外套。乔根善掏出一支香烟，贾秀女掏出打火机为他点上，然后静静地站在他的身后。乔根善望着河水，默默地吸烟。在淡淡的烟雾里，他仿佛看到了"君子津"码头昔日的繁华与繁忙……

据当地人讲，"君子津"是喇嘛湾黄河文化的精髓。历史就像一根永远扯不断的链条，连接着昨天和今天，包含着厚重的文化积淀和生生不息的传承。

几十年来，每当他陷入困境的时候，他都会来到这里，面河静坐，思古吟今，积蓄力量。他时刻不会忘记自己是黄河之子，要活出黄河的气魄，要造福天下人。

想到这里，乔根善掐灭烟头，站起身来，抖擞精神，面向黄河发出一声低沉而遥远的吼声：噢噢噢哦哦……

这吼声飘出很远，在龙头圪旦山上回荡！

那是母亲每一次生产阵痛时发出的呻吟声；

那是父兄头顶烈日、脚踏沙石、奋力拉船时发出的"嗨哟"声；

引 子

那是自己半个多世纪奋斗不止、砥砺前行的脚步声；

那是他身患绝症、身处绝境时的呐喊声；

那是他千锤百炼、向死而生的心声……

乔根善眼含热泪，弯下腰，面向黄河母亲深深鞠了个躬。在她身边总能激发出他的慈悲心来，所以他要感谢黄河。生在黄河边，长在黄土地，黄河黄土就是他的血脉和根系。他的身世虽然坎坷，但他从不懈怠、从不退缩，活脱脱一个正直、善良、有爱心的黄河汉子。他由壮年到暮年，从创业到乐业，一直重情重义、知恩图报。

望着获得重生的丈夫，贾秀女的脸上露出久违的、会心的笑容。

经过漫长的寒冬，见惯了冬天的干枯和清冷，即便有雪花精灵的点缀，可没有红梅傲雪的美景可看，总是缺点活力。当看到万物复苏、明媚妖艳的颜色时，乔根善这个"硬汉"，再一次以顽强的毅力战胜了病魔。经过生与死的考验，他从心中生出莫名的感动和柔软，如同重新拥有了一份失而复得的感情，拥有了一份美好与浪漫。他要迈开大步向前走，因为他知道，有好多人在等着他！那是他的农民工兄弟，那是他帮助过的贫困乡亲，那是他的亲戚朋友！他垫资修建的清水河万和厚大桥就要开始施工了，那是一座关乎清水河县民生的大桥，那是关乎清水河城镇建设、提升城镇品位的大桥，一定要干好，造福于民！

"君不见，黄河之水天上来，奔流到海不复回。"黄河养育了喇嘛湾人的淳厚笃实，也给了乔根善激流勇进、劈波斩浪的干劲和执着。树

黄河赤子

木把枯黄的落叶放下,长出一个美丽的春天!四季的轮回,给了乔根善生命的启迪!战胜病魔,唤回一个明媚的新生!

　　天气在回暖,往后的日子都充满希望!一年之计在于春……

第一篇

一条大河波浪宽

> 上善若水。水善利万物而不争，处众人之所恶，故几于道。居善地，心善渊，与善仁，言善信，政善治，事善能，动善时。夫唯不争，故无尤。
>
> ——老子《道德经》

黄河赤子

乔根善对这条大河的依恋,应该是从童年时代开始的。

在成长的岁月里,望着这条奔流不息的大河,他不止一次地发问:你从哪里来?要流到哪里去?对这条神秘的大河充满了无尽的猜测和想象。后来,他知道,黄河是中华民族的母亲河,华夏子孙都是她的儿女。她从青藏高原巴颜喀拉山的约古宗列盆地流出,由此向东,流经青海、四川、甘肃、宁夏、内蒙古、山西、陕西、河南、山东9个省区,最后注入渤海,全长5464千米。跌宕起伏的黄河是培养伟大心志的母亲,只有这个桀骜不驯的母亲才会不停地推动摇篮,培育出一个个勇敢、刚健的孩子。

所有的甜蜜幸福和痛苦悲伤,都荡漾在乔根善的童年岁月里:言传身教的祖父、吃苦耐劳的父亲、勤劳善良的母亲;传统文化的熏陶、美好生活的向往、求学的渴望、失学的迷茫……平常的日子犹如河水静无波澜,但总有些难忘的日子,或是甜蜜,或是悲伤,或是无奈,或是感动,牵动着情感,撞击着心灵,深深地镌刻在他的生命中,凝结成永恒的爱,永远的痛,他的人生因此而改变。

记忆中,总有一些光,亮到刻骨铭心,亮到终生难忘!

第一章

乔河畔，成长的摇篮

1952年12月2日（农历十月十六日），乔根善出生在黄河岸边喇嘛湾镇乔河畔村（今红旗村）。他出生的时代，中华人民共和国正处于最艰难的时刻，获得解放的中国人民迫切希望迅速改变落后的状况，他们以极大的热情兴高采烈地投入多快好省建设社会主义的浪潮中。

黄河是中华民族的母亲河，也是一条河情特殊、灾难深重、复杂难治的河流，被称为"中国之忧患"。当时，年轻的共和国，面临的是一个历经百年战乱、积贫积弱的烂摊子。1952年8月，中央政府直属机构组成科考队，在中华人民共和国成立后第一次对黄河源区进行全面查勘。这次查勘的背景和目标是收集黄河全流域的基本情况，为治理黄河做准备，还有两个具体任务：一是查勘黄河源河势，看有无发电筑坝地址；二是进行南水北调工程的查勘。

黄河赤子

俗话说，家有五口，一棋牛紧走。乔根善出生时，家里已有一个姐姐，两个哥哥，加上爷爷奶奶、爸爸妈妈，已是八口之家。家里又多了一张嘴，这对一个贫穷山村的普通农户来说，意味着要经历怎样的艰辛与付出啊！所以，一件关乎他一生的故事发生了……

所有的季节交替，都显得格外神圣。冬天，更有一种特别正式的季节感。它蕴藏着生命的真谛，人世间所有的情感，喜怒哀乐、悲欢离合，把人生引向岁月和生命的底层。

1952年12月，是一年中最后一个月，已进入冬季。王花女感觉这一年的冬天比以往任何一年都要寒冷，凉意时时从心头刺过，让单薄的身体无法承受。她是心寒啊！

王花女是喇嘛湾拐上村一个贫苦家庭的女儿。她虽身居乡野茅屋，食粗茶淡饭，却长成高挑的身材，与之不相衬的是，缠着一双三寸金莲的小脚。她梳着两条黑黝黝的大辫子，圆盘大脸白白净净，大眼睛水汪汪的，柳叶眉既浓又黑，牙齿洁白整齐，当时是喇嘛湾的"人尖子"。她很美，美得健壮、美得豪放、美得粗犷。中华人民共和国成立前的婚姻，基本上是不讲爱情的，靠的是父母之命，媒妁之言。她15岁时，听从父母，嫁给了邻村乔河畔比自己小两岁的乔元占。当时，乔家是村里的大户人家，乔元占年龄虽小，但吃苦耐劳，人又老实，这对王花女来说实属幸运。婆媳关系自古难处，大户人家也不例外。大多数情况下，寻常百姓家的女儿，到别人家当媳妇，是要当受气包的。而她的婆婆家强势，在夫家有地位，没有人敢欺负。所以，她被娶进门后，踮着一双小脚，家里地里的活都要干。她相夫教子、孝敬公婆，是传统的贤妻良母。

在那个年代，女人是传宗接代的工具，生孩子是天经地义的事。由于没有避孕方式，女人在50岁之前会生好多次。王花女也不例外，到了年龄就结婚生子！痛也是正常的，别的女人能忍，自己作为女人也能忍。生了孩子之后，她就把两条大辫子盘起来，一双嫩白的手，由于常年干农活，也变得粗糙了。

都说母亲是伟大的，从怀孕到生产要经历常人难以想象的痛苦，生产之后再抚养成人，连喘口气的工夫都没有。随着对痛苦的体验越来越深，王花女对生孩子这件事也越来越恐惧。让她更恐惧的是，因生活拮据，孩子多了以后实在养活不起。

人常说，女人生孩子就是在拿自己的命来做赌注。生孩子是人类所能忍受的最大的疼痛等级，在生产过程中，可能会出现各种问题。此刻，王花女正在经历这样的痛苦：眩晕、疼痛、浑身发冷、全身出汗。前后几个小时，她差点把自己的命折腾进去。她明明已经迷糊了，还要思考自己还没有把胎儿生出来，这比疼痛本身更痛苦。她像在做一场噩梦，这噩梦最终被"哇哇"的哭声惊醒了，生产比较顺利。这个孩子是她生下的第四个孩子。

产婆李婶把孩子在热水盆里清洗了一下，抱过来对她说："一个大胖小子，你看他一眼不？"

王花女问："抱孩子的人家来了吗？"

黄河赤子

　　李婶说:"来了,就等在外面。你想留下孩子,我就让她走。"

　　王花女说:"你抱出去给她吧。我不看了,自己身上掉下来的肉,看了就舍不得了。让他们好好把孩子抚养成人。"

　　李婶把孩子抱到外面递给一个女人,说:"一个胖小子,你们要把他当亲生的,好好养大。"

　　那女人用拿在手里的小棉被把孩子包裹严实,抱在怀里,说:"乔家人长相好,人品更好,十里八村都知道的,所以我才来央求抱他家的娃娃回去养。"

　　褴褛里的孩子"哇哇"地哭了起来。

　　那女人怕屋里的人听见变了卦,抱着孩子快步向院门外走去。

　　躺在床上的王花女的心被这哭声撕扯着,她用被子蒙住头痛哭起来。疼痛,让她不得不蜷缩着;痛苦,让她筋疲力尽。她不想依赖任何人,因为当她在黑暗中挣扎的时候,连自己的影子都离开了她。

　　孩子被女人抱走了。什么都没有移动,屋子里的气味却变了,一股空落落的气息。很快,家里的亲人充实了这种感觉。乔元占回来了。他是一个跑河路的河路汉,只有冬天才能待在家里。大女儿带着两个弟弟也回来了,吵着要看小弟弟。听说刚生下的孩子被人抱走了,孩子们闭了嘴,站在墙边不再吵闹了,生怕将自己也送了人。乔元占二话没说,抱着脑袋蹲在地上。他感觉这件事本身就含着妻子对他的失望,堂堂七尺男儿,却没有能力养家糊口。

　　新生儿的祖父乔厚是四区的会计,听说自己又添了一个胖孙子,推开面前的算盘，急急忙忙往家跑。他边跑边念叨："这是我们乔家的'第四堵墙'，能为家里遮风挡雨了。"

乔厚到了家里才知道刚生下的男孩儿已经送人了，顿时像数九寒天被当头泼了一瓢凉水，从头凉到脚。他暴跳如雷地说："家里穷得就剩下几个孩子了，'家徒四壁'，你们居然把我的'第四堵墙'送了人。家里缺了一面墙，走风漏气，难聚人气和财气。"

乔元占说："大大，孩子送都送了，你先消消气。"

乔厚问道："你们送给谁家啦？我去把他要回来。"

王花女答道："要回来？乔家不是从来不做失信于人的事吗？再说了，要回来我们能养活得起吗？"

乔元占说："我们已经有了3个孩子，要回来，又多一张嘴，我们真的养活不起呀！"

乔厚说："要回来，你们不养活他，我来养活，有我一口吃的，就不能让他挨饿。"

无论怎么问，王花女就是不说，其实连她自己也不知道送给谁家了。

乔元占说："送就送了吧，我们不能失信于人。"

乔厚不依不饶地说："关乎我子孙后代的大事，我不怕别人说我不守信用。你们不说，我就自己去村子里打听，我就不信找不回来。"

村子不大，村子与村子之间离得也没多远。家里有孩子的哭声，肯定瞒不住村里的人。乔厚没费多少工夫，就把孩子抱回来了。因为孩子抱回去以后不停地啼哭，那个女人没有生养过孩子，一点儿办法也没有，只能忍痛割爱了。

乔厚把孩子抱回家，递给老伴王叶女。他洗净双手，上了三炷香，虔诚地向祖宗报告了这个喜讯，说自己给第三个孙子取名叫乔根善。他认为，名字与人的外貌品性连在一起，能够造成整体印象。为人取名是一种创造，他有一种说不出的自豪感。

《百家姓》开头有言："人之初，性本善。"乔厚给自己的第三个孙子取名"根善"，善心深不可拔，乃名根也。根善、善根："善"的主要定义是能够"趋乐避苦"。他给大孙子取名善存、二孙子取名善为。他们3个兄弟名字的意思是"善为根"，这是祖辈赋予他们的生命基调和信仰，他们注定一生都要"忠义是干，仁善为根"，种"善缘"，得"善福"。他希望孙辈能秉承自己善良厚道的天性，以善为根，怀善成长。

一个人，生在怎样的原生家庭，遇到怎样的父母，自己没有选择的权力。乔根善在乔厚的坚持下，又回到了自己的家，不至于骨肉分离。

起初，王花女不肯接纳这个孩子。因为饥饿，没有奶吃，乔根善天天在爷爷奶奶的屋子里啼哭不止，把王花女的心都哭碎了。她让乔元占把孩子抱过来，开始给他喂奶。那时候，连她自己也没想到，这个孩子长大后会和她最亲，成了她的贴身小棉袄。

世上只有妈妈好，有妈的孩子像块宝。乔根善在妈妈的怀抱里，在爷爷奶奶的疼爱下，一天天长大……

亲情,是乔根善成长的沃土。他的童年,在亲情的滋养下,一切都那么美好。在爱的日光下,一只蝴蝶就是一只凤凰,一朵白云就是一席飞毯,一棵树就是一个会讲故事的老人,一条黄河就是他无比欢乐的海洋。啊,多么难忘的童年!

黄河赤子

第二章

走西口，乔家祖辈的生存抉择

乔根善的家乡在喇嘛湾。说起这个有着浓厚宗教色彩的地名来，还要从喇嘛教的传入说起。"喇嘛"为藏传佛教术语，"上师"的意思，是对藏传佛教僧侣的尊称。13世纪，藏传佛教传入蒙古地区。有一位喇嘛从西藏来到草原传经布道，云游至此。他听到当地"凤凰变山峰"的传说，又看到这里狭长的平原上植被茂密葱郁的景象，感觉这是一块风水宝地，久久不愿离去。他围着凤凰山转来转去，发现山下有一个山洞。他进入洞内，仙气缭绕，感觉神清气爽，决心留下来。后来，他化缘建起一座不大的喇嘛庙，传经布道。在传说中，这座喇嘛庙有求必应，引来许多人顶礼膜拜。久而久之，"有喇嘛庙的那个黄河拐弯处"就被叫成"喇嘛湾"。

由于黄河和大山的阻隔，喇嘛湾自古就有人类繁衍生息，但它并不处于与世隔绝的状态，一条"黄金水道"为它打开门户，成了一个繁华的集镇。乔河畔村，有100多户300多人，大多姓乔。这得从乔根善的祖宗说起……

> 哥哥你走西口，小妹妹我实在难留，
> 手拉着那哥哥的手，送哥送到大门口。
> 哥哥你出村口，小妹妹我有句话儿留，
> 走路走那大路的口，人马多来解忧愁……

山西民歌《走西口》流传至今，沉淀着一段厚重的历史。走西口，改变了成千上万人的命运，记录了几代人的辛酸。真可谓：西口路凶险而漫长，一走竟是几世纪；西口梦缠绵而纠心，一做就是几百年。走西口，也称"走口外"，是指从明朝中期开始到中华民国初期，山西、陕西、河北人离开故土，前往长城外的内蒙古、甘肃、新疆去垦荒、经商的移民活动。

这场发生在晋、陕、冀的人口向西北地区转移的潮流留下很多可歌可泣的故事。以山西为例，当时，山西北部有很多穷汉，他们贫困的原因并非懒惰，而是土地贫瘠，生活环境恶劣，自然灾害频发。清朝时，山西的一个读书人痛心疾首地说："无平地沃土之饶，无水泉灌溉之益，无舟车鱼米之利，乡民唯以垦种上岭下坂，汗牛痛仆，仰天续命。"农民辛辛苦苦种一年地，"岁丰，亩不满斗"。一方水土不能养

黄河赤子

活一方人，只能背井离乡。其间，最成功的当属晋商传奇人物乔致庸的先祖乔贵发。

清同治十三年（1874年）冬，一个叫乔森的年轻人告别父老乡亲，肩挑一根扁担，从山西祁县乔家堡出发，踏着先祖乔贵发曾经"走西口"的足迹，沿着崎岖的山路，翻过一眼望不到头的大山，开始了漫长、艰辛而坎坷的跋涉，为的就是能在春天到达蒙古草原。

根据史料记载，走西口的路线有两条：一条是由山西和陕西过杀虎口（古称杀胡口），向西进入蒙古草原；另一条是通过张家口的鸡鸣驿向西到达新疆。不论走哪条路，首先要穿过横亘于那里的长城关口。

乔森走的是第一条路，途经杀虎口。杀虎口是早些年山西人远走口外的必经之地，可谓一道鬼门关。流传至今的谚语描述道："杀虎口，杀虎口，没有钱财难过口。不是失钱财，就是掉人头。"为了确保一路平安，乔森踏出屋门时，在门槛处烧了离家纸，意味着出了杀虎口，福祸随身。当年，多少山西人正是穿过这个驿站，出口外讨生计，从此杳无音信的。

朔风劲吹，寒凝大地，雪片像被磨破了的棉絮一样在空中飘舞，四处飞落。风吹过白茫茫的山岭，旋转啸叫，山沟里寒森森的。乔森的扁担，一头捆扎着简单的铺盖，一头捆扎着干粮。你不要小看这根扁担，它不仅可以用来挑行李，还可以当作武器对付饿狼和野狗，甚至在安营扎寨时做"房梁"。他的铺盖简单到极点，一条破被、一条旧毡，还有一件满是补丁的羊皮袄，白天当衣服穿在身上，晚上当被子盖上。他所带的干粮很简单，生的是小米，熟的是糠炒面。

走西口与闯关东和下南洋并称近代中国三大跨区域的人口迁徙壮举。"走西口"的人员非常复杂，有因生活所迫远赴口外开荒农垦的，有官府组织守疆的官兵，还有经商的商人。走西口的目的地为西部边塞偏远地区，其地广人稀的状况缓解了中原地区人多地少的生存压力，也为遭受自然灾害的晋、陕、冀地区的百姓提供了一条讨生计的出路。他们越过长城，在草原上寻求新的生存之路。

对于最初走西口的人来说，草原寄托着他们模糊的希望。草原在哪里？他们去了能做什么？结果会怎么样？他们心里并不清楚。他们只是迫于无奈，咬着牙、忍着泪离开家，义无反顾地走向未知世界。

然而，乔森走西口的路和最初走西口人走的路不一样。当时天寒地冻，但是乔森心里似乎有一团火，草原寄托着他的希望。乔致庸已经在乔家堡扩建了乔家大院。乔森心里明白乔家能有这样的发展，是从先祖乔贵发走西口开始的。他的落脚点是一个叫"包克图"（今包头）的小村庄。起初，乔贵发一分钱也没有，只能靠打工为生。后来，他有了点钱就准备做生意，但是生意不景气，就把生意托付给别人，自己回山西老家种地了。因缘际会，买卖好了起来，他才再次来到包头。他不仅开创了乔家大院的最初家业，还和他的后代们开设"复盛公"商号。他从一个拉骆驼的穷小子发展为富甲一方的巨商大贾。清乾隆五十四年（1789年），乔贵发去世，享年72岁。他生前训诫子孙："我本是穷人，受尽别人的歧视。后人切不可为富不仁，欺压穷人。"

黄河赤子

在乔贵发的感召下,乔森坚定地向前走去,融入走西口的人潮中,带着一种求生的渴望到一个陌生的地方生活。当时,走西口的人没有人指引,遇到岔路口的时候,就背过身去,扔鞋子断方向,鞋头朝向哪就往哪走。这种把前路的决定权交给鞋子的做法看似荒唐,却透着辛酸。可见,走西口人在踏上走西口之路的那一刻,就在拿自己的身家性命下赌注。

然而,乔森并没有依靠鞋的指引,而是一路摸索着到了一个当时十分热闹的地方——喇嘛湾。那时的喇嘛湾已经是连接黄河上游黄金水道最重要的水旱码头。千帆竞渡,百舸争流,那壮观繁茂的景象永远刻在他的记忆中。

喇嘛湾的繁荣和发展是从咸丰初年开始的。当时,政府招民垦种,大量移民从山西或陕西等地来到这里,居住在喇嘛湾周围的贾浪沟等山沟里的,主要有王、白、邬、薛、董五大姓。当时喇嘛湾建设已初具规模,除最早建成的喇嘛庙外,还有龙王庙、山神庙、观音庙和老爷庙。内地不少商人和手工业者陆续云集在这里。喇嘛湾成为粮食、煤炭、皮毛、药材的集散地。乔森挑着担子登巅俯视,喇嘛湾崖岩壁立,洪流骇浪,响声雷动;两岸鸡犬相闻,绿意盎然,船艇出没,大有世外桃源之气。乔森十分喜欢这个地方。

那么,是什么机缘使乔森来到这个地方呢?在清乾隆年间,乔贵发所创办的"复盛公"成了包头的头号商号。之后,他们以包头为基地,来往于山西与蒙古大库伦(今乌兰巴托)之间。当时从山西祁县到包头山川阻隔，交通不便，货物的运输主要靠毛驴和骆驼驮运。因此，他在半道上设了许多由本家叔伯兄弟负责的中转站，专门为他们的运输队提供食宿及其他服务。喇嘛湾，是乔家从包头向口里运货的必经之路，乔森在这里住下来，负责乔家的航运中转生意。晋商的坚韧不拔、锲而不舍的精神已经融进乔氏家族后人的血脉中，厚重的晋商文化已经刻下不朽的印迹，以更加博大的胸怀海纳百川。

清朝后期，乔家渐渐衰落，乔氏家族不得不另立门户，各个小家庭各奔前程，散落于全国各地。乔森就在离黄河仅100多米的地方依水而居，后来逐渐形成村落，取名为乔河畔村。

谁能想到，那个擦把眼泪就往外走的穷苦农民乔贵发，最终成为一座城市的开拓者。至今，包头地区还流传着一句民谣："先有复盛公，后有包头城。"

乔森通过走西口在塞外草原上扎下了根。他的三儿子乔厚（乔根善的爷爷）出生后，由于家境殷实，被送去读私塾，成了有学识之人。乔厚在喇嘛湾创立了"万昌永"商号，经营煤炭、私盐、茶叶、皮毛及日用百货等业务。虽无太大的业绩，但保证了乔氏家族正常的生存发展。每年过年，乔家的大门上，总挂着乔家的一副传统对联："求名求利莫求人，须求己；惜衣惜食非惜财，缘惜福。"这也成了乔家的家训。

一曲《走西口》，诠释了当年走西口人的艰辛，记录了走西口这一具有重大历史意义的人口迁移事件。走西口，既是一部饱含辛酸的移民史，也是一部艰苦奋斗的创业史。旅蒙晋商通过走西口发家致富，使得

黄河赤子

晋商成为商帮。一批又一批移民背井离乡创业，一定程度上将农耕文化带入偏远地区，增进了民族感情，对我国多民族交往交流起到积极的作用。

黄河具有"善淤、善决、善积"的特点。乔家勤劳勇敢的先祖毗邻黄河而居，是因为这里气候适宜、位置适中、土地肥沃、资源丰富。在黄河水的孕育和滋养下，一代代繁衍生息……

第三章

祖父的人生智慧

乔厚是村里有名的文化人,从乔根善开始记事起,就教他读书识字。

乔厚在家境好的时候读过私塾。在先生的教诲下,他熟读《三字经》《百家姓》《名贤集》,并深深地喜欢上了读书。即使离开学堂,他也常常熟读古籍,细品其味,洞见人生大智慧,形成自己的为人处事风格。他铭记:"遍阅人情,始识疏狂之足贵;备尝世味,方知淡泊之为真。"

乔厚年轻时一表人才,有文化、懂经营。到了成婚的年龄,被喇嘛湾的大财主王老槐看中,将自己的女儿王叶女许配给他。乔厚是有名的山西祁县乔家同宗的后代,所以很有经商头脑,在喇嘛湾创立了"万昌永"字号。乔厚有3个儿子,乔元占是长子。他想把长子好好培养,将

黄河赤子

来继承家业。可是,乔元占从小就不喜欢读书,前脚把他送进学堂,后脚他就跑到外面玩去了。乔厚没有办法,只好早早给他成了亲,让他带着几名长工种地、打理果园。乔元占很能吃苦,他天天和长工们一起劳动,从来没有偷过懒。后来,家里有4个果园,200多亩地。"土改"划分成分时,乔家被划分为富农成分,乔厚丢了会计的工作,乔元占当上了河路汉。

乔厚除了参加生产劳动外,把更多的时间和精力放在教育乔根善上,对他寄予厚望。乔厚懂得让孩子读书的重要性。他信奉"万般皆下品,唯有读书高"。在众多的古籍中,乔厚认为《名贤集》汇集历代名人贤士的嘉言善行,以及民间流传的为人处事、待人接物、治学修德等方面的格言谚语,讲述为人处世的基本道理。其中不乏洞察世事、启人心智之句,以四言、五言、六言、七言组成,易诵易记,读之朗朗上口,适合儿童诵读。于是,他将《名贤集》全文用毛笔工工整整誊写下来,教乔根善背诵,指导他做人。《名贤集》开卷语就是:"但行好事,莫问前程。与人方便,自己方便。"乔根善虽然似懂非懂,但还是尽力背诵下来。

每次看到乔厚去黄河边挑水,乔根善都会偷偷地跟着。乔厚将两只水桶装满水后,就招呼乔根善过来。祖孙两人在河畔坐下,乔根善总有问不完的问题。有一次,他发问道:"爷爷,有人说黄河很长很长,有好多的码头。别处的码头,我们不知道,我们这里的码头,别人知道吗?"乔厚说:"我们村南边的榆树湾村的码头,古时候叫'君子津'，是皇帝给封的，名气可大了，我还是给你讲个故事吧。"

据说，喇嘛湾千百年来，就是黄河上游黄金水道的起点，素有"水旱码头"之称。157年，桓帝刘志西幸榆中，东行代地，由喇嘛湾渡河北进。有一些商贾尾随其后，其中有一位洛阳的大商人，带着许多银两，计划过河到匈奴地界做生意。因夜行不敢靠近皇帝的车驾，走着走着就落在后面迷路了。他糊里糊涂地来到渡口，请求叫封的津长（掌管渡口的官吏）帮助他渡河。正当津长封用小划子渡他过河时，商人突然病倒。津长封只好将他扶回自己家中，赶紧请郎中为他看病。可商人的病来得太突然，不等郎中到来就一命呜呼了。津长封觉得商人孤身在外，虽然有钱，但也没能救下自己的命，十分可怜。于是，他亲手在河边的坡梁上挖了墓穴，将他就地掩埋。一年后，津长封在古渡口又迎来商人的儿子。商人的儿子千里跋涉，一路打听，寻找父亲的下落。津长封听此人说的和一年前死在这里的商人一模一样，便知此人是商人的亲人，便将他带到商人的坟前。此人挖开一看，真是自己的父亲。他发现父亲带的钱币居然完好无损地同他葬在一起。他感激万分，拿出很多银两要赠送给这位善良仁厚的津长以示感谢，可津长封分文不受。商人的儿子对津长封十分敬佩，将此事上奏朝廷。桓帝也被津长封的精神所感动，感叹地说："此真君子也！"并立即发出一道圣旨，将喇嘛湾南侧的这处渡口赐名为"君子津"，以表对津长封的嘉奖。"君子津"从此名声大振，远近客商都从这里过河，因为他们知道津长封是最讲诚信的。从事摆渡的人也纷纷来这里安家落户，逐渐形成了一个大村落。随

黄河赤子

着黄河的变迁，"君子津"古渡口消失了，但那种正直无私、淳朴善良、诚信担当、仁义友爱的精神被传承下来，成了黄河的灵魂。

乔厚不仅教乔根善读书，还将自己的人生经验和智慧融会贯通地教授给他。一是要懂得迂回。曲则全，枉则直，洼则盈，敝则新，少则得，多则惑。天下黄河九十九道弯，曲折迂回是河水都懂得的道理。二是上善若水，水善利万物而不争。乔厚说，他望着滔滔黄河水常想，善良的人好像这河水一样，水善于滋润万物而不与万物相争，做人要有水的精神。三是看破祸福相依。祸兮福所倚，福兮祸所伏。从好事中看到危机，就能居安思危，及时解决危机；从坏事中看到机遇和希望，就能化腐朽为神奇，甚至反败为胜。四是得荣思辱，居安思危。万事都有两面性，在获得成功时，不要忘记遭遇失败时的感受；在享受安逸生活时，要经常想想身边有没有埋下隐患，防患于未然。五是图难于其易，为大于其细；天下难事必作于易，天下大事必作于细。要想做成难事，必须从容易的事着手；要想做成大事，必须从细小的事情入手。六是勤俭节约，不要浪费。

乔厚常挂在嘴边的话是："人在做，天在看。人生在世，还是凭良心活着的。天道酬勤，只要付出努力，你就能够得到你想要的东西，也能受到大家的尊重。"

与其他家庭的孩子相比，乔根善是幸运的。那时，学校的老师经常挨家挨户地劝说家长送孩子进学校，他们给家长讲国际国内形势，讲读书的重要性，讲如何摆脱贫困，讲将来的社会需要有文化的人……对村民们来说，老师们讲的都是没用的。家里穷，上学路远，条件差，村民们认知水平有限。他们的理想生活，无疑是"一亩地一头牛，老婆娃娃热炕头"。他们认为有钱才是现实之根本，读书又不能当饭吃。

乔根善8岁那年，没等老师登门劝说，乔厚就和家里人商量送他去学校读书。家里人举双手赞成，因为他是个男孩子，将来要成为家里的顶梁柱。

报名那天，乔厚将2元学费亲手交给乔根善，说："三子，这钱千万要拿好，是交学费用的，丢了就上不了学了。"乔根善把钱紧紧攥在手里，跟着年龄大点的孩子去学校报名。读书对乔根善来说绝对是一件兴奋的事情，毕竟机会来之不易，更何况是一个成分不好、生活贫困的家庭。

那时，喇叭里经常喊道："社员同志们，今天下午开贫下中农会。"乔根善并不知道这究竟意味着什么，他总是钻进人群或靠在草垛边凑热闹，毕竟年龄还小，他听着听着居然睡着了，等后半夜醒来，四周已空无一人。以后村里开会就有了新名词，社员大会、积极分子大会。因为乔家是富农成分，乔根善记得童年时很多大会包括上小学后很多活动他是不能参加的，好像也没有时间参加。放了学，他一路小跑，回去听爷爷讲故事。

乔厚经常对他说："三子，你生在新社会，长在红旗下，一定要好好学习，将来做个有出息的人。"

乔根善在学校里最喜欢唱的歌曲，就是"时刻准备着，我们是共产

黄河赤子

主义接班人"。每当唱起这首歌,他都有一种自豪感。看着别人胸前的红领巾,他很羡慕。

乔根善很喜欢学校里的生活,不仅因为他爱学习,而且因为他认为和同学们在一起是一件很快乐的事情。学校离家3里多路,他每天往返2趟。有一年,母亲又怀孕了。她每天挺着大肚子辛苦地忙碌着,生下他的弟弟之后,也没有人照顾,就把弟弟送了人。乔根善记得在他之后的一个妹妹、两个弟弟全都送了人。乔根善感觉自己能留在家里很幸运。母亲生完孩子,一天也没停止过辛勤的劳作,忙着打点全家人的生活。乔根善觉得母亲太辛苦了,放学后,就去割草喂猪,帮着做家务,尽量减轻母亲的负担。看着为生活和学习而奔波的儿女,王花女也很心疼,也想花多点时间悉心照顾他们,但她很无奈。她很爱孩子们,但面对生活的重负,她真的无能为力,只能把母爱融进生活的琐碎当中。

乔根善一边干活,一边背诵《名贤集》,好多句子铭记于心:"积善之家,必有余庆;积恶之家,必有余殃。""得人一牛,还人一马。""人无远虑,必有近忧。""寸心不昧,万法皆明。""黄金非为贵,安乐值钱多。""家贫和也好,不义富何如。""将相本无种,男儿当自强。"后来,这些语句成了他的人生指南,对他的人生观、价值观和世界观的形成,产生了深远的影响。他胸怀的是"甘其食、美其食、居其安、乐其俗"的人生理想。

第四章

黄河在咆哮

在漫长的历史长河中,黄河是一条富泽四方的母亲河,是喇嘛湾人赖以生存的生命线,但有时候也是一条奔腾肆虐的害河。数千年来,黄河"三年两决口,百年一改道"。自中华人民共和国成立后,历经一个多甲子,在黄河治理、保护、发展方面取得显著成绩,书写了黄河安澜的伟大奇迹。

一方水土养一方人。拥有这样一条大河,就不愁没有水吃,没有水灌溉,改变了靠天吃饭的状况。乔河畔村地少人多,为了维持生计,人们把靠近黄河的河滩都种上了庄稼。风调雨顺时,能填饱肚子;赶上洪灾,只能半年糠来半年粮。但是,村民们每年仍然在辛勤耕耘、浇灌,如黄土地一样纯朴,似黄河水一般湿润。他们认为只有对黄河、黄土地敬畏,拥有理解和默契,才能真正走进这方水土。

黄河赤子

1963年7月，一连下了几天暴雨，黄河在咆哮。洪水乃天灾，非人为所能驾驭，顺势改造，也许能减轻灾情。当时，人们无能为力，究其原因：一是黄河为自然河道，未经统一治理；二是乔河畔村地势低洼容易滞水，而此河段没建堤坝，每遇洪灾皆漫堤而溢。

喇嘛湾公社的领导怕黄河水泛滥把沿河的村子淹没，开始组织社员修堤坝。一场人水之战拉开序幕！那时，人们吃不饱，没有力气，生产队就给修坝的村民，每人每天补助半斤馒头。

在雨中，最悲壮的一幕出现了。村民们穿着笨重的雨靴和胶鞋，喊着号子，像跳舞一样在坝体上面使劲踩，当时把这种方式叫"人力振捣"，结果人力堆积起的土坝还是被雨水冲垮了。每个人心里似乎都明白，全凭人力在大雨中筑起一条拦河坝体是不可能的。

这是一条从不屈服于命运的大河，5天之后，雨越下越大，堤坝还是没有修好。在废墟一般的荒芜中，乔河畔村陷入瘫痪状态，生产队只好组织村民们全部撤离。

乔根善家因为父亲在黄河上拉船，大哥乔善存在外面做木匠不在，王花女只能带着两个未成年的儿子搬家。她没有细软，踮着小脚忙碌着，把容易弄湿的衣服和被褥放在柜子里，裹上塑料布，再给两个儿子身上裹上塑料布。

民兵们赶着牛车来帮忙搬家。王花女把家里的所有"粗重"都带上，把锅碗瓢盆等全部搬上车。他们跟着牛车深一脚浅一脚，爬到离家稍远的坡梁上。民兵们把车上的东西卸在一棵大树下，又返回去帮助别人搬家。

最终，村民们全部撤离。

站在高坡上一眼望去，村落被冲，田园尽毁，房屋被淹，极目所至皆浩淼无涯。村民们散落在水冲不到的坡梁上，天当房、地当床，暂时栖息。一连几天，黄河水不退，他们只能在树下过夜。

洪水无情，人间有爱。生产队组织人做饭，给每家每户送饭，解决了全村人的吃饭问题。

一周以后，洪水退了，村民们才回到家。房屋受损严重，怎么办？

后来，生产队提出一个比较彻底的解决方案，那就是迁村。一来村民们可以摆脱洪水造成的侵害；二来旧房全部拆除后，可以改造成良田，改变人多地少的现状。村民们都很赞同。

房基地选在离村一里之外的坡梁上，由于受土地的限制，规划成两三户一个院落。因为乔元占家里都是壮劳力，生产队给了一块水洼地，让他们填起来盖房子。乔家分到这样的宅基地，对生产队没有一点怨言，全家人齐动手，村民们也来帮忙。王花女身着蓝色大襟的上衣、黑色裹裤脚大裆裤，脚穿家做千层底的黑布鞋。她向来都是这身打扮，从没穿过一件艳丽的衣服。一是家里穷买不起；二是三年两头怀着孩子，穿不成像样的衣服。此刻，她正挺着个大肚子，给盖房的男人们烧水做饭。

没用多久，房子盖好了。这里紧靠黄河，从上游冲下来的大量河澄泥淤积在河畔，用它和上麦秸来抹房，抹一次四五年不漏水。虽是土坯

黄河赤子

房，但独门独院。

乔善存施展自己的木工手艺，为家里做了门窗。王花女让乔根善从镇上买回一张红纸，用自己的一双巧手剪了几个大红的"福"字贴在新糊好的窗户上，寄托她对美好生活的向往。这是她住过的最美的院落。一溜儿8间房，院子很大，院门朝南，面对河滩上大片的农田。门前有两棵榆树，一棵是大的，一棵是小的。看到新宅，脸上很少露出笑颜的王花女，乐得合不拢嘴。在她的记忆中，年景不好，庄稼歉收，粮食不够吃时，一年四季要用野菜来充饥，从春吃到秋。夏天野菜旺盛时，把多挖的野菜腌在大缸里，秋天把从别人家收完菜的地里捡回的菜帮菜叶，腌了几缸放在窖里，以备冬天食用。为了让全家人能够吃得饱、穿得暖，她没明没夜地干活。乔元占跑河路不在家的日子，她耕田、种地、锄草、收割、扬场、背粮、推碾、磨面，和男人们做着同样的营生。乔元占回家挑重担时，她搂柴、拾粪、喂猪、洗衣、做饭、纳鞋底，做着女人们的活计。

老人们常说："天鹅调角角，穷人要棉袄。"意思是天就要冷了，穷人没有棉袄穿。为了让孩子们冬天不受冻、穿得不邋遢，王花女经常在昏暗的油灯下，缝新补旧、纳底做鞋到深夜。家里孩子多，虽然没有新衣服穿，就补丁摞补丁反复补衣服，补丁补得十分规整，针脚小而匀称。如果颜色不一样，她就用染料染成黑色或蓝色。冬天给孩子们做棉衣的时候，她把新布做里子，旧衣服做面子。这样做的好处：一是过一个冬天外面的破了，里面的还能当夏天的单衣穿；二是能防止虱子咬。

当时的顺口溜是这样说的"新三年、旧三年,缝缝补补又三年"。生活虽苦虽累,但王花女总把温馨和快乐带给家人,从没怨言,从不发脾气。

冬天的早晨,孩子们因为寒冷赖在被窝里,王花女早已起床,先灌上两大竹皮暖水瓶开水,然后在锅边贴玉米饼子。伴着饭香味,孩子们才从被窝里爬出来。乔根善站在锅灶前,眼巴巴地盯着冒气的大锅。吃过饭,上学走的时候,喝上几大口菜滚水,暖在心里。

黄河的一次咆哮,虽然给村民们的生活带来了灾难,但也给整个村庄带来了转变。原来的房子因为在河滩上,被推倒后,变成了耕地,来年种上庄稼,除完成交公粮的任务,又多了一份保障。

每年粮食收获后,生产队的首要任务就是交公粮。生产队选颗粒饱满的麦子交公粮,把质量稍差的留着分配口粮。队长先派专人晒"公粮"。待新麦晒干、扬净,再安排最壮的劳力,到公社粮站交公粮。

俗话说:秋夹着伏,热得哭。秋老虎发飙,烈日炎炎。那年代乡村既没有公路,也没有汽车和拖拉机运输。阡陌小道上,全靠农民一担担肩挑送公粮。队长打头阵,在前面的箩筐里插上一面"农业学大寨"的红旗,姑娘和小伙子紧跟其后,年逾五旬的老人排在队伍的后面。他们挑着一担担沉甸甸的麦子,迈着矫健的步伐,你追我赶,干劲十足。人人挥汗如雨,个个笑逐颜开,像舞龙灯一样,成为一道流动的风景线。他们一进粮站,抢先把箩筐担子歇在磅前排队等待质检。入库的粮食质检非常严格,一般要过"翻晒、过躺筛、风扇吹、风扬"几道质检关。

黄河赤子

粮站比集市上还热闹，过关了就十分开心。在回家的路上，人们说说笑笑，感觉一年当中一件大事完成，如释重负。那年代农民种田缺少农药化肥，科技不发达，品种退化，亩产较低，收获的粮食越来越少。记得有好几年，生产队里交罢公粮、留足种子、留够机动粮（供集体挖河等吃公饭用），小麦所剩无几。

那个年代，农村人生活十分贫穷，不能出门打工，也不能做生意，所有的收入都来源于土地。靠天吃饭是常态。如果风调雨顺，没有自然灾害，那就太幸运了。如果有旱涝、冰雹等自然灾害，那一年几乎没什么收获，能愁死人。

2006年1月1日起，国家不再针对农业单独收税，"交公粮"也成为历史。如今，随着国家不断发展壮大，惠农利农政策落实到位，农民的生活发生了翻天覆地的变化。

第五章

心中永远的痛

乔根善的母亲王花女,生得痛苦,活得痛苦,死得也痛苦,这是她一辈子的写照。

王花女是一个不认命、很顽强的女人。丈夫在黄河河道上拉船,一走就是大半年,她顶门立户过日子。她领着孩子、背着孩子,春播、夏锄、秋收、冬藏,一年到头忙碌着。她虽尝尽生活的艰辛和不易,承受诸多委屈与伤痛,付出太多心血和汗水,却用一生的勤劳、贤惠、仁爱、无私经营着这个家。

一

生孩子时可以说是离死亡最近的时候。生过孩子的女人都知道,除

黄河赤子

了要经过漫长的十月怀胎及妊娠反应,分娩时更是痛苦。王花女越来越惧怕生孩子,也许是因为经不住这样的痛苦,每次生孩子她都会晕过去好几次。

1964年农历七月十三日。王花女早上起来,感觉肚子疼,幸好丈夫乔元占陪在身边。

王花女说:"元占,我的肚子有点儿疼。"

乔元占问道:"是不是要生了?"

王花女说:"你快去,把产婆李婶接来。"

乔元占说:"你忍着点疼,我这就去接。"

乔元占跑出屋,从牲口棚里牵出一头毛驴,骑上就走。两家离得不远,他很快到了李婶家,可是她不在。家里人说一早被人接走了,去谁家接生他们不知道。

乔元占一听,急得两腿发软。他知道,女人生孩子,这可是人命关天的大事呀!他垂头丧气地向外走,李婶的女儿追出来说:"七八里外有个村子,还有一个姓王的产婆,你去请她吧。"

乔元占似乎又看到了希望,不敢耽搁,骑上毛驴就走。

乔元占马不停蹄地请了王婆回来,王花女早疼得死去活来的。

王婆吩咐乔元占烧开水,自己进屋去看产妇。

王花女说:"我不认识你,李婶呢?"

王婆一听不高兴了,说:"生孩子是非常危险的事,在这件事上没有挑三拣四的份儿,有穷人家的女人生娃难产死的,也有皇后生娃娃难产活不了的。所以，不管是你李婶还是我王婆，都会想尽办法，尽可能地让你顺利生下娃娃。你要不相信我，我这就走。"

王花女说："我都快疼死了，你接吧！"

王婆别看年纪不小，其实还是个新手，没有多少接生经验。她学着别的产婆把家里的柜子、箱子都打开一条缝，说这样孩子就可以顺利生出来了。她还唱着歌："缝儿缝儿打开了，娃娃快快生出来。"

王婆折腾了半天，娃娃还是生不出来。

乔元占在屋外焦急地守候着。

乔家的院子里来了几个女人，她们都是等着抱孩子的。

乔根善从外面跑进院子，看到乔元占后迫不及待地问："大大，你为啥蹲在外面？我妈生了吗？"

乔元占说："还没有。"

过了许久，屋子里传出"哇哇"的婴儿哭声。

王婆在屋子里大声喊道："娃娃生出来了，产妇大出血，快不行了。"

听到喊声，乔元占拉着乔根善就往屋子里跑。

乔根善爬在王花女的身上，哭喊着："妈妈，妈妈……"

听到儿子的呼喊声，王花女用尽全身力气，睁开眼睛，伸出手抚摸着乔根善的头，说："三子，妈妈不能再疼你了，你以后会吃苦的，好好活……"她把最后一个字，拉得很长，只剩下一丝凉气，然后就没有声音了，头慢慢垂在枕头底下。

乔根善像黄河决口一样，哭得死去活来。哭声，满屋子的哭声，唯有乔元占没有声音。他的眼泪扑簌簌落下来，落在了王花女的头发上。他用手轻轻合上妻子的眼睛，懊悔自己没让她过上一天好日子。

王花女躺在炕上，眼睛微微闭着，头发散落在枕畔，脸像纸一样白，眼角的一道道鱼尾纹显得更深了，她才42岁啊！慌乱中，新生儿被人抱走了，大家都不知道是谁抱走的。

二

死去的人，爱恨已结束。活着的人，即使痛彻心扉，生活还得继续。

王花女走得突然，家里穷得连棺材都买不起。她的父亲只好将自己的寿材拉过来，装殓女儿。

乔元占又派人通知子女们回家为母亲送葬。

哥哥姐姐们都不在，乔根善披麻戴孝，跪在灵堂前。他已经哭傻了，张着嘴，闭着眼，眼泪和鼻涕弄湿了前胸。他的嗓音里没有一个字，只能激出悲声。突然，他的两只手扣在脸上，好像石刻一样，一动不动。

在邻村干木工活的大哥乔善存听到噩耗，丢下手中的活计跑回来了，他在灵前长跪不起。

二哥乔善为正当建勤工在姑姑庵一带修路，突然有人跑来找他，说："你妈要生了，让我来叫你回去呢。"

乔善为说:"我回去了,活没人干了。"

来人说:"你回哇,活,我帮你干。"

那时的交通全靠两条腿,乔善为要步行70多里才能赶回去。他两腿生风似的疾行。刚进村,遇到一个人对他说:"你妈殁了。"

乔善为非常震惊,说:"我昨天出门的时候还好好的,怎么能说殁就殁了?我不信。"

乔善为像踩在棉花上似的飘飘忽忽,双腿绵软无力。他边走边想,全家人刚住上新房子,母亲那么年轻,还没有好好享受生活,怎么会殁了呢?他不相信!

乔善为走进院子,一眼看到搭起的灵棚,他的眼泪"哗"地流下来。他带着一颗要爆裂的心,跪下,大脑一片空白。

嫁到窑沟的大姐乔付香,离家比较远。得到噩耗后,她借了一头毛驴,随丈夫走到天黑才赶回来。

子女们都回来了,屋里屋外响起一片哭声,乔付香更是放声大哭,似乎不远处的河水也呜呜啦啦地大放悲声。

王花女下葬时,因公婆都还健在,不能进乔家主坟,只能在离主坟不远的地方,入土为安。

三

母亲去世时,乔根善只有12岁。北方地区,12岁孩子过生日,俗称

黄河赤子

"圆锁",是地方性的一种"成人礼"仪式。12岁是他人生的第一个转折点,也是他幸与不幸的分水岭。他与别人家的孩子不同,过早地失去了母亲的关心和照顾,感到十分孤独。他失去了人生归宿,成了一个烧砖打瓦的"野孩子"。虽然有爷爷、奶奶的照顾,但他感觉自己已经脱离了童年,自立起来了。

爷爷知道他心里苦,又不知道怎么解劝他,说得最多的话就是:"你要咬牙,要争气,多读点书,莫让别人看不起。"

乔根善还小,母亲去世,留给他童年的阴影是没有安全感。他不会懂得一个孩子躲在被子里思念母亲的心情;不会懂得一个孩子趴在窗台上看着别人家过节的心情;不会懂得每长大一岁,就会跑到黄河边痛哭流涕的心情;也不会懂得一个孩子和老人坐在昏暗的油灯下,听着外面的猫头鹰叫,拼命担心爷爷奶奶会离开他的心情。一个孩子究竟需要的是什么?应该是母亲的爱和陪伴吧!

表面上看,乔根善和往日一样,暗地里他的心在隐隐作痛。在对母亲的思念中,他挥挥手作别童年岁月,步入人生的另一个里程。他和父亲,一个承受着童年丧母的悲痛,一个承受着中年丧妻的人生之苦,日子在饥饿与苦难中流逝。

乔元占一想起自己的妻子就感觉很愧疚。王花女嫁进乔家没过一天好日子,每天踮着小脚做一大家子的饭。他拉船不在的日子,王花女还要耕种20多亩地。她从17至42岁共生养了10个孩子,自己养育着4个,送人4个,还有2个夭折了。王花女的早逝,让处在贫困中的乔家更是雪上加霜。那时，乔元占才刚刚40岁，他既当爹又当妈，撑起了这个支离破碎的家。

正如老舍先生所言："人，即使活到八九十岁，有母亲便可以多少有点孩子气。失了慈母便像离开泥土的花插在瓶子里，虽然有色有香，却失去了根。"

母亲给了乔根善生命的起点，却无法陪伴他走向人生的终点，这是一件多么寂寥和悲伤的事情。

母亲去世后，乔根善常常在午夜梦回时分惊醒。他梦见母亲在前面走得很快，他拼命地追赶，想说几句话，喊着："妈妈，妈妈，等等我！"但前面的人好像听不见一样，越来越模糊，怎么都追赶不上。等他回头一看，发现身后的路一片漆黑。他迷失了方向，找不到回家的路，恐惧和无助包裹着他。他大哭起来……

他抽泣着醒来，喃喃低语："我没有妈妈了……"

有一天，乔根善去找被送给同村人的妹妹王凤凰，把她背回家，说："凤凰，你不要回那家去了，就留在咱们家里，三哥一个人在家害怕，晚上不敢睡觉。"

年仅9岁的王凤凰，望着自己的哥哥，不知道该如何安慰他。

母亲没有流芳百世的伟业，没有惊天动地的事迹，留给他们的是一间新盖起来的土坯房、一个装满父母酸甜苦辣的红躺柜和一处踏满生活足迹的土墙院落……

1964年夏，太阳透过榆树密密匝匝的叶子，把阳光的圆影照射在地

黄河赤子

上,风刮来麦子的香气和蒿草的气息,也许这是全年最好的日子,但乔家人却仿佛经历着冬季漫天的风雪,把心冻成了冰。尤其是乔根善,他常常感到严冬般的寒冷,痛彻心扉,寒入骨髓。他天天想念着母亲……

第六章

最初的苦难

一个人的童年时光,对他的性格养成有很大的影响。长大以后成为什么样的人,童年时的成长环境起到一定的作用。

一

乔根善的母亲去世之后,他遭遇的最初的苦难就是饥饿。那时,他正处于长身体的时候,玉米面窝窝加烂腌菜就是他的美味佳肴,澄清的黄河水就是他经冬历夏的饮料。村子里家家户户的日子都不好过,吃不饱,穿得烂,谁也不笑话谁。条件好点的人家也不过是吃的饭稠点,衣服上少打几个补丁。当时的中国物资匮乏,可是精神并不贫乏,乔根善的"为祖国甘愿奉献"的人生观,就是在那个时代形成的。

黄河赤子

当父亲和二哥都不在家的时候,乔根善就要饿肚子了。他虽然年纪小,但懂得无缘无故去别人家蹭吃蹭喝是件很难为情的事情。他就去村里的叔伯婶婶、嫂嫂家里转转,看见水缸里的水见底了,就帮人家挑水。村里的壮劳力不是在农田里干活,就是跑河路拉船,所以女人们乐意让他帮忙挑水。

乔根善挑着水桶来到黄河岸边,先会愣一会儿神,望着脚下汹涌澎湃的河水,望着对面的悬崖峭壁,望着天空中朵朵白云,无尽地遐想。那时梦想很简单,能吃上一个白面馒头,喝上一碗黄澄澄的小米粥就满足了。他最盼过年,因为过年就能吃上油炸糕。肚子里没油水,经常处于饥饿状态,一顿吃2斤糕面的油炸糕,就是他最大的满足。

想完了,吧唧吧唧嘴,再提起水桶打水。每只水桶装满水都有70多斤,一担水就有150多斤,他还是个13岁的孩子。每家都有能放下4担水的大缸,他都要给挑满。乔根善吃苦受累都不怕,为的就是能吃上一口饱饭。婶婶、嫂嫂们看他是个没娘孩儿,家里做好了饭,叫他去吃。

乔根善经历过饥饿后,知道有饭吃是件很幸福的事情。叔伯五嫂张改叶对他最好。他捧着碗吃饭的时候,常常想:等我长大了,一定要有出息,好好报答这些亲人们。

村里每家每户靠墙都放着几个大缸,除了盛水,每年秋天都要腌上几缸白菜、萝卜和蔓菁等。这些腌酸的菜不容易坏,一直要吃到来年的秋天。那时候,农业社种麻,收了以后,分到家家户户去剥麻。晚上,外面很黑,屋里更黑。乔元占用冰冷的指头摸索到火柴,点出颤抖的火苗，招呼乔根善和乔善为围坐在煤油灯下剥麻。麻对于每个家庭来说都很重要，鞋底子要用麻来纳，麻袋要用麻来做，更大的用处是做河路汉拉船时用的粗麻绳。人们剥麻剥到暗夜里油灯熄灭的那一刻，才能躺下睡觉。肚子饿得咕咕叫，家里没有什么可吃的东西。乔元占从炕上起身，打开大缸的盖子，从里面捞点烂腌菜，分别放在几个大碗里，冲上开水，每个人喝两大碗。等躺在炕上睡着了，也就不饿了。

不剥麻的晚上是乔根善最快乐的时候，村民们收工后都聚集在生产队的会议室里。屋子里弥漫着马灯点燃时的煤油味和旱烟味，乔厚帮着会计在账簿上记工分。乔根善拿着家里唯一的手电筒来接爷爷回家，为的就是能听他们"摆龙门阵"。

黄河阻隔了河东、河西两岸人民的物资交流，河西的煤炭经渡船运到河东，就身价百倍。有的商家在河西设立煤炭收购点，专门收购煤炭，再卖到托克托县、和林格尔县等地。与乔河畔村相邻的拐上村就是一个煤炭集散码头。一到冬季，这里的河滩上煤炭堆积如山，来买炭的人熙熙攘攘。车倌的吆喝声与掌柜的过磅声融成一片，买卖十分红火。乔根善去河边挑水，看到河畔过往的船只撒下不少炭渣就想扫。不过要早去，去晚了就会被别的小孩扫走。每当他背着沉甸甸的口袋向家走时，总会有一种说不出的喜悦。因为这些炭渣除了自己家烧外，还能拿到集市上换莜面和玉米面，能解决温饱问题。

冬天的乔河畔村变成了粉妆玉砌的世界。黄河和村庄银装素裹。乔根善和小伙伴们在雪地里打雪仗、堆雪人、滚雪球，那欢乐的叫喊声能

黄河赤子

把河边树上的雪花震落下来，玉屑似的雪随风飘扬，似天女散花。

大雪把村子里的沟沟坎坎都填平了，没有树的地方，根本分不清哪是沟，哪是路。放眼望去，河滩上有人骑着毛驴奋力前行。一会儿那人不见了，一会儿又从雪里钻出来了。乡村的生活单调，打架也是小男孩的娱乐。在冰封的黄河上，为了猜那人会不会冒出来，他们开始打赌。乔根善把一个说"不会冒出来"的小男孩按倒在雪地上，两人揪扯起来。这是母亲去世后乔根善第一次打架。他举起拳头在那个小男孩眼前晃了晃，说："你只要说能冒出来，我就放了你。"小男孩吓得大哭，求饶说："能冒出来，能冒出来，你放了我吧。"乔根善松开手说："你知道吗？他要是冒不出来，就活不了啦！做人一定要善良！"小男孩哭着回家告状。乔根善知道自己闯祸了，在小伙伴的陪伴下，上小男孩家赔礼道歉。

在乔根善的眼里，父亲是一字不识的农民，处处谨小慎微，但父亲还是挺直腰板支撑起这个贫穷的家。父亲吃苦耐劳，为的就是不让孩子们受委屈。

二

对乔根善来说，比饥饿更大的苦难降临在他的身上，那就是失学。

过早经历了生活磨难的乔根善懂得上学来之不易，他的成绩始终名列前茅。1964年，乔根善小学毕业，两个哥哥将要成家，家里的日子越发艰难了，但父亲还是让他上了初中，说他是家里最小的孩子，只要考上了，就是咬紧牙关、勒紧裤腰带也要供他上学。

喇嘛湾人向来重视教育，早年这里就有私塾，考取秀才、举人者不胜枚举。五四运动之后，进步青年李拾斋来到这里。他集校长、老师、工勤于一身，在后营子龙王庙创办了一至四年级复式教育的新式学堂。学校只占了龙王庙的两间厢房，正殿仍然是龙王、马王和送子奶奶的殿堂，孩子们总算能接受正规教育了。抗战胜利后，通过全村人的共同努力，增设了五、六年级，成了一所完全小学。后来，前营子大庙也建起一座学堂，两校因一溪之隔，分属清水河、托克托两县管辖。中华人民共和国成立后，后营子划归清水河县，前、后营子的两所小学合并，正式成立了清水河县第二完全小学，这就是乔根善上小学的地方。20世纪60年代，为满足广大小学毕业生上中学的渴求，清水河县利用前营子大庙的空房子办起民办农业中学，乔根善考入了这所学校。

虽然乔根善时常为买不起几分钱的本和铅笔而发愁，但上学对他来说，还是比较快乐的。好在学校离家3里路，他每天往返2次，回家吃饭，不用为没有饭钱而发愁。

转眼到了冬季，乔根善脚上的旧布鞋穿烂了，他干脆用布条一系继续穿。后来，出嫁的大姐给他做了一双鞋，他穿在脚上兴奋了好长时间。

"文化大革命"时，学校"停课闹革命"。班主任怕孩子们荒废了学业，每天给他们讲革命故事。最吸引乔根善的是黄继光、邱少云的故事。他那颗小小的心灵中，寄托了一个令人神往的梦想，长大后一定要像两位英雄人物一样去当兵，保卫祖国。

乔根善总能找到属于自己的乐趣，无论相隔多远，他都不用打招呼，直接跑去找到小伙伴。

"亲爱的小伙伴们，你们想知道我的梦想是什么吗？"

"是什么？不会是刨土种地吧？"

"我只好告诉你们了，我的梦想是当一名解放军战士。"

"你在做梦吗？"

"没有呀！"

"我以为你在说梦话呢！"

"我们想和你一起当解放军战士。"

"拉钩上吊，一百年不能变。"

为了共同的梦想，他们先伸出小拇指勾在一起，再用大拇指碰在一起盖章，完成一个"中国式的约定"。于是，这个梦想伴随着他们的学习和成长。

有了志同道合的伙伴，乔根善兴高采烈地回到家里。酷热的夏天，伴着小虫子们的交响乐，他进入甜蜜的梦乡。他梦到自己穿着一身崭新的草绿色军装，胸前戴着一朵大红花，在黄河岸边又跳又唱，周围响起一片欢呼声。原来，自己已经是一个大英雄……他从梦中笑醒。

乔根善躺在坚硬的土炕上，畅想自己的小英雄梦。肚子因饥饿而发出几声抗议，但一颗梦想的种子还是在他的心里生了根。他恨不得自己一夜长大,去实现梦想。

后来,学校停课了,学生们辍学了,乔根善只能失学回家。对于乔根善来说,不上学是一种痛苦,意味着不能学到知识,不能通过学习改变命运。

第二篇

莫让年华付水流

> 盛年不重来,一日难再晨。及时当勉励,岁月不待人。
> ——陶渊明《杂诗十二首·其一》

黄河赤子

　　乔根善知道，人无法选择自己的出生，但是可以通过努力改变自己的命运。经受了人生最初的苦难之后，他仍活在自己的梦想里。他是一个不服输的人，现实每打碎他的一个梦想，他就会重塑一个新的梦想。既然无法得到想要的，索性放手成长吧！

　　时间是最好的沉淀剂。不管怀有怎样的梦想，面对怎样的现实，他总会坚定意志，走出失落与迷茫，珍惜大好时光，珍惜生命。抓住每一分每一秒，去努力，去奋斗，不负韶华，方能永恒。

　　磨难是成长的阶梯。不是每一种磨难、不幸都是一场灾难，有时也是一种考验。古人说得好：天将降大任于斯人也，必先苦其心志，劳其筋骨，饿其体肤，空乏其身。艰苦的经历是人生最宝贵的财富。它在不知不觉中教会人们如何感恩，如何坚持不懈、乐观向上和顽强拼搏。

　　命运不会亏待任何一个热爱生活的人，岁月不会错过任何一个珍惜时光的人，他们赋予人们足够的时间，通过努力使自己的人生不留遗憾。即便眼前的生活平平淡淡、波澜不惊，但只要详细筹划、认真打理、不断完善，终究能够将日子过得生动、精彩。

第一章

鲜衣怒马少年时

俗话说：大河有水小河满，小河没水大河干。20世纪70年代，黄河出现了自然断流。黄河是有生命的，孕育了人类文明，也经受着难以承受的生命之重。

少年时代，乔根善的梦想就像断流的黄河，既无望又无助。

做一名解放军战士是乔根善从小的梦想，但他很清楚这一梦想可望而不可即，但这个理想伴随着他的成长，在他的心中生根、发芽……

当时，乔根善认为一个真正的中国人的归宿应该在保家卫国的战场上！一个男儿如果不报效祖国，那他的存在便没有任何意义！为了祖国，他愿意付出自己的一切，哪怕是生命，因为他熟知无国就无家的道理。

乔根善买了黄继光和邱少云的宣传画贴在家里的墙上。他睡不着的

黄河赤子

时候就默默地注视着画像，心中总会油然而生几分敬意，更让他下定决心当一名解放军战士。崇尚英雄，是中华儿女的天然情结。黄继光和邱少云的英雄事迹，他早已熟记于心。他仿佛看到黄继光张开双臂，扑向喷射着火舌的火力点，用自己的胸膛堵住敌人的枪口；他仿佛看到邱少云不幸被敌人打来的燃烧弹击中，为了全体，为了胜利，忍受着烈火烧身的剧痛，一动不动地献出年轻的生命。

宣传画看多了，英雄事迹想多了，乔根善发现"英勇战斗奋不顾身"的黄继光和"纪律重于生命"的邱少云身上有许多共同之处：一是他们都有受尽苦难的童年。黄继光童年丧父，10岁就开始给地主打工，受尽了欺压；邱少云童年失去父母庇护，以乞讨为生，给地主家做工，受尽盘剥欺侮；二是他们都有短暂而闪光的青春。黄继光1951年3月入伍，成为中国人民志愿军第45师第135团第9连通讯员，1952年10月19日牺牲在朝鲜战场上甘岭597.9高地，年仅21岁；邱少云1949年12月入伍，中国人民志愿军第15军第29师第87团第9连战士。1952年10月11日牺牲在朝鲜战场391高地，年仅26岁。他们年纪相仿，牺牲时间只相隔8天，牺牲得都如此壮烈。战争结束后，黄继光被追授为中国共产党正式党员，授予"特级英雄"称号。邱少云被授予"一级英雄"称号。他们的青春献给了祖国，献给了和平事业。

乔根善知道，当兵是一件很辛苦的事，但他不怕辛苦，只要能当兵，流多少血，出多少汗，他都不怕。正是黄继光、邱少云等英烈为国捐躯，才换来今天的和平环境。这些英雄人物身上闪耀的精神光芒，像一束纯净的阳光，直抵他的心底。乔根善又想到了雷锋，黄继光、邱少云都是雷锋学习的榜样。在《雷锋日记》中，他多次写到他们的名字和事迹。英雄的血脉在雷锋身上延续，他虽然没有机会献身战场成为战斗英雄，但他在"无限的为人民服务"中实现了"平凡的伟大"。往往就是这样，梦想太多的人往往计较于眼前的利益得失，在岁月的消磨中渐渐忘却最初的目标，到头来碌碌无为。而唯有那些执着坚持梦想的人，才会一如既往地奋斗不息。终有一天，他们的美梦会成为现实！

对英雄的崇拜，更坚定了乔根善的梦想：成为一名中国人民解放军。在他的认知里，他不只是一具由血肉、骨头拼凑而成的躯体，而是内心充满信念、行为充斥追求的先行者。他不求当一位拥有丰功伟绩的将军，只求做一名维护统一、捍卫和平的士兵！

1970年，乔根善18岁，正是适合征兵的年龄。他白天干活不像以前那么专注了，晚上躺在炕上翻来覆去睡不着，想着自己最崇拜的英雄黄继光和邱少云。为什么崇拜他们呢？理由很简单，就是1952年，他们牺牲后不久，他出生了。

有一天，当年和他拉过钩的两个小伙伴来找他一起去报名参军。

一个小伙伴说："我们要去公社报名参军，是特意来找你的。"

乔根善一听好生羡慕，但他推辞说："我就是贴钱去当兵，人家也不要我！"

另一个小伙伴说："你不去试一下，怎么知道人家不要你？我们可是有过约定的。"

黄河赤子

一个小伙伴说:"我记得大人们说过一句话,是块好铁要打钉,是个好汉要当兵,所以我要去报名,我们一块去试试吧!"

乔根善说:"试试就试试,明天我们就去报名。不要我,我也就死心了。"

第二天,他们三人去喇嘛湾公社报了名。他们先参加公社组织的体检,又参加县里组织的体检。

两次体检全部合格后,乔根善似乎看到了希望。但是,他的政审没有通过,参军的梦想像五彩缤纷的肥皂泡瞬间破灭了。

乔根善的那两个小伙伴体检没通过,参军无望,后来被安排到县农机厂工作。

梦想破灭后,乔根善最大的心愿就是能进工厂当一名工人。

有一次,有户人家请他去打家具。那时候,家具是生活的必需品,特别是人们结婚的时候,很流行自己打家具,乔根善的手艺也是那时候练出来的。

由于房子装修,这家人急需做一扇门。做门可不是一件简单的事,其中有很多诀窍。做门板大有学问呢。

主人问乔根善:"做门板有何诀窍?"

乔根善笑笑说:"做门板须'中9数',这是我师傅教我的。"何为"中9数"?原来,民间的家门分"丁门""财门""官门"3种。房门为"丁门",高五尺四寸;大门叫"财门",高六尺三寸;家有当官的曰"官门",高七尺二寸。各类门规格高度加起来均为9。不同的地方,砌门亦有所区别。有的下宽上窄,顶上缩小数厘米,作插马状,可谓四平八稳;有的则下窄上宽,顶上加宽数厘米,意味"天宽地窄"。做门板时,要求每块组合单体木板均呈树木自然生长状,根朝地,梢朝天。为节省木料,按木板"头宽尾窄"的特点,只要两边板块"根地梢天",中间板块可作头尾倒插。

乔根善做门板时,按照讲究人家的做法,全是根向地、梢向天,且做得坚固结实,关门时"呼"的一声,一道风过,两扇门板吻合严密,威风八面,主人非常满意。

乔根善经常利用休息时间,帮助这户人家劈柴、挑水,人家对他印象很好。家具打好后,这家的主人对他的手艺和人品都十分满意,就主动问他,想不想去农机厂工作。乔根善一听,这正是自己梦寐以求的。这家主人就让他填好表,去生产队和公社盖了章,然后去农机厂找他。没想到,又因政审问题出了差池。当时的生产队长说:"这样的好事,根正苗红的贫下中农子弟轮不上,怎么可能轮到你?"他将这个事反映到公社,乔根善去农机厂工作的事泡汤了。

当兵不成,就业无门。正值触摸梦想的岁月,经过两次沉重的打击,乔根善的梦想彻底破灭了。他觉得痛不欲生,快要撑不住了,可是身边的人却冷眼旁观,还怪他小题大做。

乔善存知道这件事后,劝乔根善说:"在前行的路上,你只要专注于心中的目标,不断地学习,不断地进步,只要内心充实了,过去的一

黄河赤子

切忧愁就没有安放的地方。面对的苦和难，有些事，只能靠自己，别人帮不上忙。如果把希望寄托在别人身上，希望有多大，失望就有多大。上天从不辜负任何一份努力，还是安心当好你的木匠。"

乔元占也劝他："事靠自己解决，才能成长；苦靠自己消化，才有体面。凡事靠自己，才是一个人最大的底气。自己不倒，啥事都能过去；自己倒了，谁也扶不起来。"

乔根善终于开始崇尚木匠鼻祖鲁班了。鲁班是春秋战国时鲁国人，古代著名的建筑工匠、建筑家。他不仅能建筑"宫室台榭"，而且曾造出"云梯""钩强"等攻城用的器械。他发明锯子、曲尺、墨斗等多种木制工具，还发明石磨和碾子等。他的确是少有的勤劳、机巧的工匠，对后世影响很大。

人生没有迈不过去的坎，如果自己觉得难以释怀，那就想想你最想要做的事情，尽全力去做吧。当专注于一件事的时候，你就会慢慢忘记过去的伤痛。

乔根善立志做一个好木匠，凭自己的手艺活，让全家人过上好日子。

第二章

一入木工深似海

时光匆匆,它不会因个人意志而改变;它沉淀着往事,也不会因生活环境的恶劣而有所眷恋。在不经意间,乔根善和其他孩子一样,一天天长大,告别了孩提时代。他所经历过的艰难历程,锤炼着他的世界观、人生观和价值观。

乔根善的木工生涯还要从他15岁说起。

失学之后,乔根善在家里没事干,就整天东跑西颠的。有一天,乔根善感觉很无聊,就来到大哥干活的人家,想看看大哥是怎么做木工活的。

乔根善带着强烈的好奇心来到那家的门前,院门紧闭。他轻轻敲了敲门,里面没有反应。他又使劲敲了几下,主人才跑出来开门。

主人问道:"三子,是你呀!你来做甚?"

黄河赤子

乔根善说:"我找我大哥,大白天的,你关门干什么?"

主人说:"你大哥是背着生产队偷偷给我来做家具的。你不要声张,快点进来,让别人看见就麻烦大了。"

乔根善知道,在那个特殊时期,无论村民们做什么生意都是不允许的。

乔根善走进门,听见一间半敞式的简易木工棚内,不时传出一阵阵"唰——唰——"的刨木声和"叮叮咚咚"的敲击声。他走过去一看,大哥正埋头干着木工活儿。只见他站在老旧的木凳边,熟练运用刨刀、锯子等工具,一会儿挥舞斧头,修饰木条的棱角;一会儿推着刨刀,屑花飞泻;一会儿端起木条眯起眼睛瞄瞄,测量刨过的平面是否平直匀称;一会儿拿着角尺,在方条上边量边画,大处大凿,小处轻敲。他埋头工作于木灰飞尘间,既忙碌,又有条不紊。

大哥叫乔善存,比乔根善大8岁。他小学毕业的时候由于家里生活困难,他又是家里男孩子中的老大,所以让他学一门手艺,来减轻家里的负担,将来也能养家糊口。乔善存的姨夫是十里八村出了名的好木匠,家里就想送乔善存去学木工。起初,姨夫不想收他这个徒弟,因为是亲戚,怕他不好管教,如果学不成,半途而废,会落下埋怨。可没想到乔善存心灵手巧,能吃苦,又勤快,是块学木工的好材料。姨夫用心教,他也刻苦学。第二年,凭着乔善存的悟性和灵气,一些精细的活儿,师傅就放心地交给他做了。他专注于每一个细节:先精密地计算,再细细地测定,木料选了又选——既要省料又要符合用置的地方,就连木料的软硬也要很好地感受一下；还在未成形之前，成品就像影片一样展现在他的脑海里。3年后，他技艺学成，锯刨凿刻样样精通，各类家具都能做。后来，他离开师傅自己出来揽活干，逐渐成为远近闻名的好木匠。

乔善存正出神地瞄着木条的边缘，一个声音从外面飘了进来："大哥！大哥！大——"

乔善存忽然回过神来，把木条稳稳地一放，抬头看见乔根善站在边上。他抹了一把脸上的汗水，问："三子，你怎么找到这来啦？"

乔根善说："我没事。大哥，你在做什么东西？"

乔善存自豪地说："打一个柜子，人家结婚用。"

乔根善说："大哥，要我看当木匠很简单哇！"

乔善存比画着说："木匠功夫看似简单，实则不易。长两三丈的木料，木匠要先按制作物件所需尺寸下料，用墨斗弹线，然后沿线锯开板料，再用刨子推平。斧削锯走，刨皮砍渣，手上的功，腿上的力，腰中的劲，是十足的体力活。"

20世纪60年代，乡间木匠很少用三合板、五合板，多用白胶粘板。乔善存粘的板不显缝、不开裂。在凿眼时，不歪不斜，凿出的直眼像铸的一样方正。他握凿的左胳膊纹丝不动，把凿握紧握牢，右手落斧砸凿正正好好。掏眼时，"前打后跟，越掏越深"。掏到一半时，翻过来再掏过去，仍前打后跟掏另一半。一看他就是训练有素、经验丰富的木匠。

黄河赤子

乔根善说:"这么辛苦,你为什么还要当木匠?"

乔善存说:"我打算一辈子与木头打交道呢,因为我最喜欢闻木头刨出来的木屑的清新味道。松木的松香味最好,樟木的味道最清香,水曲柳的天然木纹最好看。"

在乔根善眼里,乔善存是既普通又不普通的农民。说他普通,是因为他也和千千万万朴实勤劳的中国农民一样,面朝黄土背朝天,日出而作,日落而息;说他不普通,是因为他传承了一种古老的行业——木匠手艺。他跟小姨夫学习了3年,成天与木头、墨斗、角尺和竹尺等工具为伍,手艺越来越精。农忙时,他要参加生产队的劳动;农闲时,他才走家串户做些木器活,会打造家具、门窗和手推车等。大哥这么辛苦、这么高强度劳作,就是为了摆脱贫穷困苦、家徒四壁的窘境。

乔根善有些动心,告别大哥后,就跑到黄河边"君子津"古渡口旧址,坐下打水花。他一边打一边想:老话讲,家有千顷地,不如有手艺。穷人的孩子早当家,我都15岁了,应该帮家里干点活了,可是我什么都不会。像父亲一样去当河路汉,我太小,也吃不了那个苦。不如和大哥学木匠,家里少个吃闲饭的,等学好了手艺就能帮家里挣钱了。想到这里,他又向河水里扔了几个小石子,溅起的水花好像在对他点着头说"行行行"。

乔根善一路跑回家,看到父亲乔元占正在家里忙着做晚饭。他在锅灶前坐下,边拉风箱边说:"大,我想和大哥学木匠。"

乔元占想了想,也没有想出适合三儿子干的活。

当时，镇子上的手艺活就两种，一是木匠，二是铁匠。学木匠，对他们家来说，也是"近水楼台先得月"。想到这儿，乔元占说："等你大哥回来和他商量一下，只要他同意，我没有意见。"

乔善存很晚才回来，一家人坐下来，商量乔根善跟他学木匠的事情。

乔善存不愿意看到三弟整天无所事事的样子，也想要个帮手，就怕乔根善吃不了苦，半途而废。

在乔根善的再三央求下，乔善存同意他先试试。

乔根善一上手才知道，干什么都不容易，木匠也不是谁想干就能干的。有了这种想法，他才真正安下心来和大哥学起了手艺。

每天早上6点，乔根善跟着大哥出去干活。干活时，他揣摩着大哥的各种需要，有时递过一把斧子，有时递上一把锯，有时递上凿子、刨子。大哥只要接过去，他心里就有一种莫名的欢喜。

有一次，乔根善和大哥一起拉大锯。他认真听着大哥的指挥，眼盯着大木料上墨斗弹的条条直线，屏声敛气，拉好架势，使出全身力气，锯末飘洒，散发着木料的气味，飞到脸上和身上。他眯缝着眼把头晃一晃，也顾不上擦一擦，生怕锯走斜了，惹大哥生气。他俩一张一弛，在一来一去中听大哥不断地吆喝："轻一点，拿锯的手别攥太紧，悠着劲儿，跟着走，掌握节奏。"一会儿，又听大哥吆喝："对对，就这样使劲，好好，这样正好！"乔根善一边干活一边享受着拉锯的乐趣。

干活时，乔根善主动替大哥干些费力气的粗活，拔掉旧木料上的

黄河赤子

钉子，铲掉废木料上的炭渣、水泥和油漆，把原木砍成方木，把方木锯成薄板，渴了喝一口凉水，饿了吃几口冷饭，乐此不疲。大哥也培养着他，不仅要求他吃苦耐劳，还培养他品行端正。干木工活很费衣服，因为经常要骑在长条板凳上辗转腾挪。用推刨刮短小的木料，还得用脚蹬绳套固定；用凿子凿眼，得把几根木料并排放在凳子上，用屁股压住，左手拿凿子要一摇三晃，右手拿斧子要准确有力。干什么都得挨着裤子，尤其费裤裆。每次父亲给他补裤子的时候，都逗趣地说："有女不嫁木匠郎，一年四季守空房；有朝一日回家转，缝缝连连补裤裆。"其实裤裆也不那么容易破，破了还可以补，倒是手上划个口子流点血、磨出水泡、扎个刺是经常发生的事。乔根善给大哥打下手，打家具的效率提高了，家庭的收益也增加了。

乔善存做活十分精细，在教乔根善做活时要求也非常严格。学木匠是对人意志的一种磨炼，其中最磨炼人的就是给新斧头开刃。如果急于求成，新斧头很可能就报废了，不能做木匠工具。大哥教导他学木匠，首先得学会磨斧头。乔根善首次给新斧头开刃用了整整一天，大哥给他示范，讲解要领：持斧要掌握水平，不能急于倾斜，必须从最边缘处磨起，绝不能着急。有一次，他干活图快，干得不够细。乔善存沉下脸，说："还不会走就想跑啊！"还有一次组装一个木架，对角线差了不到1毫米，他一看大哥的脸，竟然那么严厉。严师出高徒，大哥作为师傅最怕丢手艺，丢手艺就是丢人。严是爱，松是害，一丝一毫不能差。大哥常说："有赃官赃利没有脏手艺。"大哥的教诲，影响了乔根善的一牛，使他受用了一辈子。

乔善存白天参加生产队的劳动，晚上偷偷干木工活。实在忙不过来，就向生产队请假，还得给生产队交钱。这样，年底才能参与分红。

木工是一个很苦的技术活，没有多少年轻人愿意学习它。因为木匠奇缺，所以在20世纪六七十年代木匠比较吃香。木匠是制造家具、门窗框架或其他木制品过程中用手工工具或机器工具进行操作的人。建筑木结构房屋和制造木器的工人，也称木匠。这一行业经过长年累月的浸润，将各种复杂的多达几百种的榫头、卯眼的结构、放样、取料、抱料、画线、打眼等工艺连接了然于胸，不是简单地做成个样子就完事的。

乔根善15岁开始学木工，对木工活有着一定的兴趣。他跟着大哥在村里走东家窜西家，整天与斧子、锯子、刨子打交道，打板箱，做桌椅板凳和手推车。半年以后，手艺学到手了，铇、凿子、刨子、锯（线锯、刀锯、鱼头锯）、手摇钻、墨斗、木锉，还有角尺、直尺、画规、斧子、刻刀样样精通，他可以单独到外村外乡揽活干了。

第三章

不负韶华行且知

一次次悲戚的眼泪在他的心田浸润出一片希望的田野,慢慢地长出一种植物叫"志气"。随着年龄的增长,它渐渐茁壮,引领乔根善走向一片无比广阔的天地。

"你们知道吗?乔根善跟他大哥学木匠,半年后就自己干了。"

"不可能,木匠是一门传统而又古老的行业,木工也是一个得吃苦的技术活,现在的年轻人都不肯吃苦,这么脏、这么累的活,都没人愿意做。要是半年就能学成,大伙都去学了。听说最少要学3年才能出徒。"

"是呀!他大哥就是学了3年才出徒的。"

"哎,这个没娘孩儿,要是学个手艺,就不用挨饿了。"

"根善像他妈,心灵手巧,只要上心,能吃下苦,没有学不会的。"

乔根善从学木匠的那天起,并没有做好当木匠的心理准备,只是想找点事儿干。当所有梦想都幻灭时,他的心思才真正回到当木匠上。

祖父乔厚听到别人的议论,想给孙子鼓把劲。有一天,乔根善回来吃饭,祖孙二人进行了一次长谈。

乔厚说:"根善,不要再好高骛远了,好好把木匠当好,这辈子也会有吃有穿的。"

乔根善说:"我不怕吃苦,就是怕被人瞧不起!"

乔厚说:"我给你讲一个'木匠皇帝'的故事吧。"

明朝有个皇帝,熹宗。他不喜欢听先贤教诲,对木工活有着浓厚的兴趣。他整天与斧子、锯子、刨子打交道,经常制作木器,盖小宫殿,成了名副其实的"木匠皇帝"。明熹宗在木工活上玩得很有水平。他自幼便有木匠天分,不仅沉迷于木工活中,而且技巧娴熟到一般的能工巧匠望尘莫及的地步。据说,凡是他所看过的木器用具、亭台楼榭都能做出来。他造的漆器、床、梳匣等,装饰华美,精巧绝伦……

乔根善听完故事,说:"爷爷,你放心,人家皇帝都能当个好木匠,我为啥不能。今后我要立志当个好木匠,让全家人都过上有吃有穿的好日子。"

家居的变化是一个透镜,能够折射出家庭生活的变迁。在农村建新房、娶媳妇历来都是大事。20世纪50年代,家具已经失去古风古韵。有床便是家,五斗橱、八仙桌、条凳是较奢侈的家具了。60年代的装

黄河赤子

修是大白刷墙，水泥地面，木制门窗。在农村，年轻人结婚时兴"12只脚"，即床架、书桌、马槽柜（用于装衣物及被褥等），以及新娘用于冲凉的木吊桶，后来发展到"32只脚"，即三开组合柜等。70年代，打家具更为流行。乔根善哥俩手艺好，人品更好，人们盖新房、做家具时常来请他们。那时，村里人效仿城里人，一套像样的家具流行"36条腿"，包括方桌1张、椅子4把、双人床1张、大衣柜1个、写字台1张、饭橱1个，加起来正好"36条腿"。挂历、照片、奖状和领袖像是当时最具标志性的装饰。

"师傅领进门，修行在个人。"乔根善的手艺精湛，全在他有悟性和灵性。活多的时候，兄弟俩就联手干；活少的时候，各干各的。乔根善深受大哥的影响，做起木工活来十分投入。他也喜欢闻木料的气味，做活的时候很享受。

为了能进城揽活干，乔根善苦练基本功，做出全榫卯结构的板凳。他不用一颗钉子，就将一根木桩变成一件家具。大哥坐在他做的板凳上，说："不错，能做出这种板凳的木匠很少见，这样的板凳使用多年也不会坏。手艺人靠的是一双手，手上必须有绝活。"

乔根善的手艺活得到大哥的称赞，活越做越精。从打制各种木器家具，到盖房上梁、放檩子、钉椽子、做门窗，就连打风匣都不在话下。

在城里，有些人家一套家具已经从"36条腿"升级到"72条腿"，包括双人床、大衣柜、茶几、沙发、五斗橱、写字台、高低柜、床头柜，不仅全部配齐，还要高档大气。为这"72条腿"，可把急于结婚的男青年折腾够呛。在商品短缺的年代，这些家具在市场上没有卖的，只能找人打制。打家具需要木材、纤维板、水胶、油漆、铁钉等十几种物料，很难凑齐，有些人家就把家里的旧家具拆了当木料先凑合。一般备好所有的物料也得半年到一年。

有了材料就要请木匠，谁家请到好木匠，会让人羡慕呢。因为好木匠能把木料使用得当，不会造成浪费，打出的家具结实耐用，而且时尚。所以，请木匠打家具成了一种时尚。

18岁的乔根善已长成1.8米的壮汉。他背上木匠工具，来到县城揽活。他牢记大哥的教诲：学手艺要讲良心，讲良心就是会做人。

乔根善揽到一份打大衣柜的活。请木匠上门做工，每天要付1元工钱，还要招呼吃饭。木工活是力气活，费体力，如果肚子里没油水，干不动活。在当时人们的心目中，6角钱一斤的猪肉是待客的高级菜。中午吃饭时，这家人给他包了猪肉白菜馅饺子。饺子煮出来端上桌，他一口一个，狼吞虎咽，风卷残云。那是他学成木匠后第一次进城干活吃饭，凭手艺能受到赞许、得到尊重，他真正体会到自身的价值。

乔根善制作的家具皆为榫卯结构，工艺巧妙，稳固大方。完工后，再用土红岩石颜料配上清桐油刷一遍，既美观又防腐避湿。由于木工稀缺，加上技术娴熟，乔根善自然成了十里八乡的抢手人物。

在那艰苦的岁月，他汗流浃背地干着木工活，养家糊口，减轻一家人生活的压力。当时，粮食是按人头定量定点供应的。他给人家做几天家具，报酬是买这家粮本上的议价粮。议价粮每人每月供应2斤，每斤

黄河赤子

花2分钱，一律是粗粮，五口之家每月就有10斤粮。他如果一个月给2户人家干完活，就可以买议价粮20斤。这是他在那个年代最自豪的事情。

有一年，中国上演了一部南斯拉夫的电影《瓦尔特保卫萨拉热窝》，里面有个老游击队员，是个修表匠。他准备去和叛徒同归于尽，临走时语重心长地对徒弟说："好好学手艺，将来有用！"乔根善理解这句话的意思，与当年大哥说的"艺不压身"有异曲同工之处。年轻人多学点手艺，总会有用的。

在乔根善看来，靠手艺吃饭，没有多大风险。人活在世上都要有一技之长，学会一门或几门手艺，就能生活无忧。不论能工巧匠还是高雅艺术家，都讲究创新和工艺超群。艺无止境，真正的手艺人和艺术家绝不会脏了自己的灵魂。手艺是你的饭碗，也会让你创造奇迹。

当你遇到困难时，手艺自然会成为你的生命支点。乔根善十分怀念那个走夜路的晚上。他骑着借来的自行车往家走，走着走着，他觉得这条路太无趣了，就掉转方向，上了一条他从未走过的路。路边的一切变得很陌生，他渐渐迷失了方向。他放慢车速，试图寻找路边熟悉的建筑物。在忐忑不安之中，他竟然产生一种小小的兴奋。这种兴奋冲淡了未能参军所带来的失落。他感觉回家成了一种冒险，在充满神秘的夜色中，仿佛下一个拐弯处就是一个新天地。后来，每当遇到困难的时候，他都会有意无意地重复这种走陌生路的行为。他愿意去选择那种没有尝试过的方式，哪怕前路迷茫，他仍坚定前行。

电视连续剧《人在旅途》的主题曲道出了许多人的心声："从来

不怨命运之错,不怕旅途多坎坷。向着那梦中的地方去,错了我也不悔过。人生本来苦恼已多,再多一次又如何?"

乔根善深刻体会到生活的不易,也体会到做到尽善尽美要付出多少努力。

第四章

身无彩凤双飞翼

1972年冬,年仅20岁的乔根善迎来了人生中的头一件喜事。在这个荣耀的日子里,他第一次感受到寒冬腊月的温暖。

家庭延续的前提是婚姻。在古代,婚姻不是男女之间的私事,而是关系整个家庭或家族兴衰的大事,所以历来讲究父母之命、媒妁之言,讲求门当户对。20世纪70年代,双方缔结婚约,女方看到男方有门手艺,成功率就会很高。庆幸的是,乔根善的婚姻虽然是"媒妁之言"的产物,但他最终赢得了爱情。

一

乔根善家有一个大院,四进八间土坯房,但每间房子都很小。那时，乔善存、乔善为均已成家另过，爷爷奶奶和他们父子一起生活。乔元占为给两个儿子娶媳妇，欠下的一河滩的债务要还，家里已是一贫如洗。这次三儿子娶媳妇，他已无能为力。令乔元占感到欣慰的是，他的三儿子有手艺，这就有了养家糊口的本事，说个媳妇应该是不成问题的。

乔根善长得高大帅气，又有手艺，说媒的人自然不少。可是，他一连见了几个都没成，原因不是女方嫌他家成分不好，就是嫌他家贫穷。

乔根善没有体验过真正的爱情，幸好那时的人们听信媒妁之言、父母之命，所以也没有多少遗憾。就在他多少有点惆怅的时候，姑姑给他相中一门亲。女孩子名叫贾秀女，比他小两岁。于是，在姑姑的安排下，他去离家20多里地的托克托县咸池村相亲。

乔根善的姑姑早年从乔河畔村嫁到咸池村，巧的是贾秀女的姑姑从咸池村嫁到离乔河畔村不远的上营子村。贾秀女的姑姑看中了乔根善。乔根善的姑姑怕贾秀女害羞，没有点明是叫她来相亲，只说叫她来家玩，有点事儿找她做。那天，贾秀女不是一个人来的，是在其他女孩子的陪同下到场的。姑姑指给乔根善看那个扎辫子的女孩儿。只见她上身穿一花格布衫，下身穿一条蓝色裤子。红润的脸上带着羞涩的微笑，柳叶眉下一双明亮的眼睛不停地扫视着屋里的一切。看上去她是一个既秀气又大方能干的农家姑娘。看见乔根善时，贾秀女就躲在别的女孩子背后，咯咯地笑。贾秀女的形象，连同她的笑声，都留在了乔根善的心里。姑姑问他："看上没有？"他说："只要人贤惠、懂得孝敬老人就

黄河赤子

行。"

　　这年轻人的爱,不需开口说出来,眉目便能传情。这次相亲,虽然没有明说,但贾秀女也明白是怎么一回事情,一表人才的乔根善深深地吸引了她。他还有一个迷人之处就是微笑,那种只微微牵动一下嘴角的不经意的笑。她无比真诚地喜欢上了这个小伙子,乔根善也喜欢上了这个爱笑的姑娘,二人可谓一见钟情。在共同生活的几十年里,每每提及,都好像回到了他们的20岁。

　　按理说,两个人没意见,谈对象是顺理成章的事,可偏偏贾秀女的父亲从中作梗。他有自己的"小九九",认为自己家里孩子多,贾秀女是长女,性格好,能吃苦,要是嫁给个好人家,给点财礼,就不愁给儿子娶媳妇了。贾秀女的父亲说:"要嫁就嫁个出粮食的地方,将来有吃有穿。乔河畔是个出'瘦谷米'的穷地方不说,乔家的成分不好,家里又穷,你嫁过去不光受穷、受苦,还要受歧视,这样的人家不能嫁。"可是,贾秀女的母亲相中了小伙子,说他长相好,老实厚道,又会木匠手艺,会赚钱,将来准错不了。贾秀女第一次违背了父亲的意愿。她觉得人这一辈子,很难遇到一个理想的伴侣,乔根善就是自己的终身伴侣。她说:"我虽没有选择生在哪个时代、哪种家庭的权力,却有追求爱的自由,我这一辈子非他不嫁!"

　　当时,村里陪贾秀女相亲的一位姑娘也相中了乔根善,她母亲放出话来,说贾家不同意这门亲事,她就把闺女嫁给乔根善。乔根善得知这件事情后,说:"贾家要是不同意,我就不在咸池村找了。"

那时候，乔根善做完了木工活，骑自行车走20多里地来看贾秀女，帮她挑水、扫院、干农活。他的一举一动，终于感动了贾秀女的父亲，并同意了这门亲事。

二

婚嫁是人生大事。喇嘛湾受地理环境、人口变迁、民族融合、经济发展等因素的影响，形成了一整套既有汉、蒙、满民俗痕迹，又有晋、陕、冀文化影子的独特的婚嫁礼仪。因此，这里的礼俗非常讲究。

腊月二十七，据说是个好日子，乔根善就选择在这一天和贾秀女成亲。

这里流传着一句谚语："百日为民，一日为官。"迎娶新人被称为"小登科"。所以，这一天也是男女双方最荣耀的日子。在迎亲的路上，所有人都要给新人让路。

乔根善带着娶亲的队伍来了。一阵鞭炮声响过，贾秀女穿着桃红色缎子棉袄走出院门，与父母和弟弟妹妹们告别。之后，坐在乔根善弟弟骑的自行车后座上，跟随娶亲的队伍出发了。

迎亲队伍是一支自行车队，他们骑行在一条沙石路上，路坑坑洼洼的，很不好走。经过路上的一个土坑时，自行车颠簸了一下，贾秀女一下子就被摔在土路上。娶亲的人赶紧跑过来把她扶起，拍打着她身上的土，问她摔坏了没有。贾秀女没说话，摇了摇头，重新坐上自行车，继续前行。

好久没有经历过喜事的乔家院子里，再次响起了鞭炮声。贾秀女生得喜色。她之所以嫁到乔家，看中的是乔家的厚道和乔根善的正直善良、吃苦耐劳的品格。

这里的拜堂仪式很繁琐，在一拜天地、二拜高堂、夫妻对拜之后，还要拜人，就是拜所有前来祝贺的亲朋好友。拜人的顺序很讲究，分"里三堂""外三堂""混三堂"。"里三堂"就是先拜家人后拜亲朋；"外三堂"就是先拜亲朋后拜家人；"混三堂"就是不分家人和亲朋，一律按辈分和年龄大小拜。令贾秀女庆幸的是，这些礼节全免了，省去好多麻烦。

乔元占看着娶进门的儿媳妇，脸上挂满了笑容。贾秀女嫁进乔家，给这个贫寒之家增添了幸福和温馨的气氛。

喇嘛湾的房屋很有特色，湾里多房，山上多窑。乔河畔村在湾里，乔根善家住的是土坯房。贾秀女一进门就看见做饭的锅台。60多厘米高的锅台和约70厘米高的火炕相连，炕上40多厘米高的窗台把糊着麻纸的窗户托起。"尺八炉台二尺炕，胳膊托在窗台上"是家家一致的规格。

俗话说，"家暖一铺炕"。只要有了灶连炕，整个冬天就不会受冷冻。贾秀女被请上炕，享受着新媳妇的待遇。

嫁进门后，贾秀女才知道，乔家真是穷得家徒四壁，炕上只有一床新做的被褥。最值钱的东西，就是乔根善的那套由木锉、凿子、刨子、锯子、墨斗等组成的木匠工具。虽然他是出了名的好木匠，可家里连个像样的柜子都没有。锅碗瓢盆没地放，只能放在一块拣来的旧船板上。后来，乔根善的奶奶把自己陪嫁的一个旧箱子腾出来送给他们放东西，家里总算有了一件家具。

贾秀女身上穿的桃红缎子，是乔家向别人家借来撑门面的，说好用完要还的。贾秀女不知道，亲手裁剪了做成嫁衣。后来，她才知道那块桃红色的缎子是借的，而且还借了500元的外债，这些都是他们必须要还的。500元，当时已经不是小数目了。然而贾秀女并没有发愁，她坚信通过他们的共同努力，这些外债总能还清的。没想到，这500元足足用了3年时间才还清。

新婚之夜，乔根善坐在炕上默默地流泪。这是贾秀女第一次看见一个大男人流泪的样子，十分心疼。她问："谁给你气受了？我找他们说理去？"

乔根善摇摇头，说："我想我妈了，她老人家要是还活着，看见我把媳妇娶进门，不知道该有多高兴呢。"

贾秀女说："我虽然只念过3年书，没有多少文化，但我懂得许多做人的道理。你放心，我会好好照顾你和家里人的。"

回门那天，乔根善当着老丈人、丈母娘的面，对贾秀女说："靠我这身苦，靠我这点儿手艺，我不会让你跟上我受穷的。别人有甚，咱也得有甚，我总要让你走到人前头。"

有人说，一个优秀的男人是女人给鼓励出来的，那么一个优秀的女

黄河赤子

人,则是从生活中一步步历练出来的。他们夫妻虽说先结婚后恋爱,但日子过得有滋有味。他们忙完了农活,做好了饭,坐下有一搭没一搭地说着话,偶尔也拌嘴,其乐融融。让乔根善感到宽慰的是,贾秀女对他的祖父、祖母和父亲极其孝顺。贫寒的生活,更增进了他们的感情。

成家之后,乔根善的家庭观念和责任感更强了。他认为全心全意地去爱这个家庭,是一个男人最应该做的事情。只有这样,他的内心才会感到平静和安宁。

贾秀女婚后面临的第一个问题是怀孕生子。这期间,她每天拖着沉重的身子家里屋外地忙,除了吃穿住行,一切都以腹中的胎儿为先。

乔根善常年在外打拼,在家的时间是有限的。有些时候,妻子埋怨他,想让他在家多陪陪她。可乔根善一分钟都不想耽搁,他觉得只有辛苦付出才能让全家人过上好日子。

贾秀女怀孕后,乔根善常常想:如果是个儿子,就让他好好读书,将来有一个稳定的工作,不要像自己这样奔波劳累。

1974年11月12日,孩子出生了,是个女孩,乔根善给她取名叫乔华。女儿的出生,给他增加了一份做父亲的责任,也增加了他冲天的干劲。

几十年来,他们同甘共苦、相濡以沫。是啊,但凡有点责任心的男人,都会为自己的女人和家庭倾其所有的。因为他们夫妻间以理解和包容为上,在他几十年的商海沉浮中,他的创业和家庭和睦是分不开的。

第三篇

九曲黄河万里沙

山重水复疑无路,柳暗花明又一村。

——陆游《游山西村》

黄河赤子

做任何事情，有了正确的目标、执着的追求、坚定的信念、坚韧的品质、无畏的胆量，还能不成功吗？苍天不负有志者。困境之中，也有机遇。成功的花，人们只惊羡她现实的明艳，然而当初她的芽浸透了奋斗的汗水，洒遍了牺牲的血雨。

辞掉木器厂的工作，意味着乔根善不仅失去了优厚的待遇，也意味着他前路未知。

他带领村民走草根创业之路，以农民为创业主体，激活了一个群体对物质的追求和渴望。

背井离乡的日子开始了，乔根善整理好心情，坚定地跋涉在奋斗的道路上。向着太阳的方向奋进，虽然刺眼，但那是正确的方向；在深夜中独行，不再彷徨，笃定前行。

汗水洒落在地，留下青春的印记。微风吹过苍穹，漫天都是青春的痕迹。奋斗过了，便不再后悔。他暗想：奋斗，奋斗下去，闯出一个美好的未来！

对于奋斗者来说，并不是所有的道路都是畅通无阻的。河道也有被沙石、冰凌堵塞的时候。这时才是考验你的眼光和判断，做出选择的时刻。乔根善即使遭遇挫折、失败和打击，仍能勇敢地站立起来！

第一章

父兄曾是河路汉

喇嘛湾是一个千年古镇，位于黄河"几"字形大转弯处。它曾经是连接黄河上游的黄金水道，是塞外颇具影响的水旱码头。在喇嘛湾黄河公路大桥未开通前，它对晋、陕、内蒙古的经济繁荣和文化交流起到举足轻重的作用。

俗话说：靠山吃山，靠水吃水。这里的人们生在黄河边，长在黄河岸，祖祖辈辈都以跑河路为生。当地人将黄河上行船叫作"跑河路"，船工称为"河路汉"。正是这些河路汉承担起黄河中上游的运输。

清水河县地处黄河中上游，黄河自喇嘛湾入境，至老牛湾出境，全程70多千米，是县境内唯一的内河航道。早在战国时期，此段就已通航。清代后期，这里处于航运全盛时期，有木帆船300多只，渡口14处。

黄河赤子

喇嘛湾镇三面环山，一面环水。黄河流经镇境内11千米，河面宽200～300米。乔河畔村、拐上村都是行旅往来之要津。乔根善的父亲乔元占和二哥乔善为曾是河路汉。

当地流传着这样一句话，"河路汉，河路汉，天下一碗难吃的饭"，描述的正是河路汉的艰辛。为养活一家人，乔元占20多岁就在黄河边上拉纤，跟着船把陶瓷、石灰、块石、料石等运往沿河上游的萨拉齐、包头甚至甘肃境内的黄河上游，之后又将河套、托克托等地的粮食、食盐等运回来或运到山西偏关一带。

早年间，黄河上都是木船，往来全靠人力扳动或拉动。黄河险滩多，地势险要处船很难行。这就催生了一批以拉纤为生的河路汉。一条船上一般有7名船工，下行装载两三万斤货物。装甘草的叫"草船"，装炭的叫"炭船"，装粮食的叫"粮船"，装其他东西的一律叫"货船"。

黄河上接纤的河路汉都是苦命人，每年春天出航，凌前停航，大半年都行走在黄河边上。船停在哪里，他们就歇在哪里，行李只是一床破棉被。他们以船为家，以船为生，过着"三面水一面天"的日子。当时航道不好，非常危险，尤其从礁林中穿行，稍有不慎，就会触礁沉船，人亡财尽。所以，人们常用"吃的是人饭，发的是牛力，走的是鬼路"来概括当时船民的境遇。

春季刚刚流完凌后，河滩上有的地方是水坑，有的地方大片冰凌堆叠如山。河路汉们不穿鞋，只能赤脚踩着，春拔骨头秋拔肉，寒气从脚底心直接蹿到脑门上。因为他们要在河水中淌着走，腿被冻得通红通红，就有了"红腿腿艄公"的称呼。

据《清水河厅志》记载，在黄河水运全盛时期，包括喇嘛湾在内的各渡口有木帆船300余只。1957年，喇嘛湾成立了"胜利木帆船合作社"，人数有392人，木帆船64艘，总吨位2000吨。1960年改称"船业队"，乔根善的父亲就在船业队当船公。1963年，喇嘛湾渡口实现了拖轮渡运。

喇嘛湾至包头段船只往返不断，全程约为200千米。去包头时为逆水行舟，航行困难，需匍匐拉纤而行，历时10天左右；由包头返回时为顺水行舟，省力易行，一般日行40至50千米，需4天左右时间，如遇顺风，船行更快。

航道位于山区，多暗礁，并时有洪峰出现。多数地方没有路，纤道忽而在水中，忽而在河滩，忽而在高高的石壁上。人无立足之处，船也没法拉。河路汉们只能想尽办法，冒着生命危险拉纤，船在水中一点一点艰难地往上移，河路汉们把这叫作"拔断水"。

黄河上拉纤最轻松的时候，是河上有风时。河路汉们赶紧把帆撑起来，根据风向调整帆的角度。如果运气好能顺风扯起帆，一天行50多千米。河路汉们把这叫作"耍风"。

每当乔元占拉船在外，乔根善都会坐在黄河边，望着船来船往。他看到靠岸的船上生火做饭，炊烟袅袅，就想父亲要是能从某一只船上走出来，那必定是一场惊喜。可是，这样的惊喜从来没有发生过。

黄河赤子

"文化大革命"时期,因为乔元占出身富农,被清理出船业队,回村参加劳动改造。

20世纪70年代末,乔善为做了河路汉。当时农业社为了跑水路赚钱,就做了一只大船。河里的船看上去都差不多,但实际上却很讲究。有些船做得好,船头如葫芦瓢般轻巧,拉起来省劲,遇见风走得也快;有些船做得不好,船头发沉,往水里扎,既不好拉,有风也走不快。无论做得好坏,全靠人力扳动或者拉动。一开始,生产队里的年轻人为了享轻闲抢着上船,后来又都嫌苦了。乔善存已经是30多岁的人了,为了能填饱肚子,主动要求去做河路汉。

每年的清明节前10多天,木船就开始做准备。一过清明节,黄河飘凌过后,船就准备出发了。一条船上一般有6个人,包括正、副驾长,4名河路汉。船先从喇嘛湾渡口出发,到准格尔旗前房子村装上16吨黄矾,再装上2吨煤(一路上准备换吃的),运往包头渡口。运输途中,只要货船在河中搁浅,4名河路汉便跳下去拉船。一天过去汗流多少不说,浑身上下没有一处不酸疼,吃苦受累总算能填饱肚子。船上的人,生产队按天数划工分(1天1.5个工分,1个工分折合人民币7分钱),挣不了多少钱。挣下的钱,一路上也舍不得花,给家里的老婆娃娃留着。

黄河上行船,难莫过于瞭河,险莫过于跌碛,苦莫过于拉纤。说到拉纤,人们眼前总能呈现出列宾的油画《伏尔加河上的纤夫》:毒热的太阳底下,一群衣衫褴褛的纤夫拖着沉重的脚步,拉着货船艰难地向前跋涉。他们当中有老人、有少年,一个个蓬头垢面、精疲力竭,脸上的那种孤独和忧伤直击人的心灵。

在黄河上拉纤比在伏尔加河上还要辛苦。伏尔加河为平直型河流，落差小，流速慢，纤夫在沙滩上拉着大船上行，河里水流还算平缓。但黄河就不一样了，黄河的主流道在峡谷中，落差大，水流急，纤道大多在两岸的石壁上，有些地方即使是猴子也得用心才能攀爬过去。就如民歌里唱的，"上水船呀大麻绳拉，走一步摇三摇呀爬三爬""命苦不过河路汉，步步走的是鬼门关"。

他们每天白天行船，晚上靠岸。船上有铁炉子，可以生火做饭。负责做饭的人都是体弱的人。吃了饭还可以聊天、打扑克。经过10多天的航行，船到了包头磴口码头。他们将黄矾卸下，再装上石头运到托克托县，用于建扬水站的堤坝。回来时顺风顺水，最多2天就到了。

当西北风刮起，天上冻了，船才停运。

由于陆路交通的快速发展，水运业务量不断减少。到1980年，仅剩木帆船2艘。1985年，喇嘛湾黄河公路大桥建成后，黄河两岸个体经营户的拖拉机、汽车迅速增多，使得黄河水运走向低潮。黄河里不再走货船，河路汉这一古老的职业才彻底消失。

乔元占和乔善为都当过河路汉，虽然年份不同，但他们拉船千辛万苦的经历却是相同的，对船的特殊感情也是相同的。"嗨哟哟……"这古老的号子，还有那弓背哈腰的身影，如今已成为喇嘛湾依稀的记忆。

第二章

砸掉手中的"铁饭碗"

  成为木器厂的工人,有稳定的工作,对于乔根善来说,这是一次"鲤鱼跳龙门"的人生飞跃。最终,又因为选择,他回家当了农民。他想这也没有什么不好的,至少能和一家人团聚,过上老婆孩子热炕头的安稳日子。这日子虽然庸常,却是人间最寻常、最质朴的。

  乔根善在清水河县城的名气越来越大。当时是不允许单干的,他做木工活,不仅要向生产队请假,还要向生产队交钱,这样年底才能在队里分红。

  在漫漫的黄土地上,父兄拼搏的背影已经成为刻在他心中激励他前进的永久画面。对于出生在农村的乔根善来说,和祖祖辈辈生活在黄土地上的农民一样,太平安稳才是大计。

  1974年,乔根善已经当上了父亲。他希望有一份稳定的工作,给家庭以幸福的生活。听说，清水河县木器厂正在招工，他就报名参加了考试。因为他是初中生，木工手艺也是一流的，毫无悬念地被录用了。他考进了县木器厂，成了一名正式员工。

那个时候工作几乎都是分配的，待遇很不错。不仅有固定工资，而且福利也很好。过年过节都会发东西，平时还有补贴、奖金等。在计划经济时代，成为一名正式员工，端上铁饭碗，是人们梦寐以求的事情，也是一件特别荣耀的事情。

乔根善结束了那段愁肠百结、拿命打拼的日子，把家搬进清水河县城关镇。有了稳定的工作和固定的收入，他过起安稳的小日子，感觉焕发了生机与活力，每天的生活都十分充实，有意义。

乔家的喜事接踵而至。1977年12月14日，这个普通的农家小院又传出婴儿的啼哭声，乔根善的大儿子出生了。他走进房间，看见儿子就躺在妻子的床边，小嘴翕动着，还在啼哭。阳光从不太大的窗户射进来，给母子俩涂上一层圣洁的光芒，儿子脸上细小的绒毛在金黄色的光晕里闪闪发亮。乔根善这位正直自信的硬汉心中升起一种舐犊之情。从此，他又多了一份爱心，多了一份责任，多了一份期盼。贾秀女说："给孩子取个名字吧。"乔根善说："我已经想好了，就叫乔东。"

女儿还小，儿子又出生了，喂奶、换尿布、洗洗涮涮，还是贾秀女的事儿。孩子在她怀里吃奶，自己却坐在那打盹儿，已经记不清有多久没有美美地睡上安稳觉了。

黄河赤子

说实在的，女人的一生扮演着多重角色。为人妻的贤惠，为人母的博爱，为公婆的孝心，是女人不可缺少的美德。贾秀女操持家务，心甘情愿，毫无怨言。她理解丈夫的不易，知道丈夫强大的外表下，还会有一颗容易受伤的心。所以，疲惫的丈夫回到家里，她总给他精神上的慰藉。让他吃上可口的饭菜，听上温柔的话，感受家的温暖。乔根善喜欢自己家这样的氛围。只要不是在外面奔波，他觉得回家比在哪儿、比做什么都好。

或许乔东是父母的第一个男孩子的缘故吧。父母对他的期许很高，总想在他的身上延续他们的读书梦。在他的成长过程中，父母虽然文化程度不高，却懂得用劳动经验和为人处世的道理点拨他，用心良苦地诠释"天道酬勤"的含义，对他潜移默化的影响很大。

清水河县木器厂大概有100多名员工，虽然实际上用不了那么多人，但因为是国家分配工作，每个企业都要有职位指标，所以招的人多。每个人的工作量也不大，挺轻松，闲暇时间很多。

20世纪80年代，国营企业成为政府的沉重包袱。拥有出色木工手艺的乔根善，经过几年辛苦打拼，已经晋升为木器厂的副厂长，还兼任车间的技术指导。他不用做木工活，主要协助厂长管理工人。他为人老实，性格随和，没有什么官架子，还经常接济有困难的工人，所以新老员工都对他很客气。

乔根善比较喜欢国营企业这种制度，因为分工细，福利好，可以分房子，生老病死都有人管，过年过节还能发些应节食品。缺点就是管理不善，没人监管，没人执行，所以企业渐渐走下坡路。他的经营原则是：分工细、监督好，有功就奖、有过就罚。但是贯彻起来很难。

就在这个时候，乔根善成了第一批赶上计划生育的人。他们夫妇已是儿女双全，但没想到贾秀女又怀上了第三胎。木器厂的领导知道这件事后，找他谈话，让他写思想汇报。乔根善认识到问题的严重性。超生的话，他手中的"铁饭碗"就会丢掉。

是要工作，还是要孩子？乔根善和贾秀女面临艰难的抉择。

乔根善从来没有这样苦口婆心地做过贾秀女的工作。他说："政府把解决贫困人口问题与计划生育结合起来，提倡晚婚晚育、少生优生，提倡一对夫妇生育一个孩子。我们已经生了两个孩子，多生一个，我就会丢了饭碗。"

贾秀女说："你家世代务农，你爷爷那么有文化、有本事的人，也没有参加过工作，不也活得好好的吗？"

乔根善说："我丢了工作，没有了生活来源。家里再多一张嘴，生活就会窘迫。"

贾秀女说："你是十里八乡出了名的好木匠，出去揽活干，也比每月挣那几个死工资强，你有什么可怕的。"

乔根善说："我辞了职，我们全家就得离开县城，回到乔河畔村，你不后悔？"

贾秀女说："我不后悔，大不了回家种地，土里刨食，我又不是没种过地。"

黄河赤子

乔根善明白了，贾秀女早就打定主意要生下这个孩子，他说什么都是多余的。

乔根善学习了发展个体经济的相关政策，允许各地根据市场需要，在取得有关行业主管部门的许可后，批准一些有正式户口的闲散劳动力从事修理、服务等手工业劳动。

乔根善眼前一亮，他要做改革开放后中国最早的一批个体创业者。

那时的木器厂已经成了一块疲软的海绵，既发不出工资，也拿不出产量。乔根善作为副厂长，第一个提出辞职。工人们十分惊讶，厂长问他原因，他给出的理由是："我要为国分忧。"那时厂长经常用喇叭做这样的动员："从党员开始，为国分忧解难，为国光荣下岗。"

乔根善说完笑了。

对于这个决定，乔元占知道后，把筷子砸进碗里，大骂自己的儿子作死，不懂得珍惜机会，居然主动放弃稳定的工作。不过后来，他再细细琢磨，觉得三儿子还很年轻，继续待在效益不好的木器厂里不会有多大的前途，还不如趁早出来沐浴一下改革开放的春风。

1981年底，乔根善举家回到喇嘛湾乔河畔村。起初，他赋闲在家，几乎跌入人生的低谷。

1982年2月15日，乔根善的第三个孩子出生了，是个儿子。他给第二个儿子取名乔建东，小名二东。因为没有经济来源，生活十分拮据，他感到自己肩上养家糊口的担子更重了。

改革开放的春风在神州大地上吹拂，960万平方千米的大地上有了日新月异的变化。可在小山村里，人们还没有多少感觉，一些年轻人对山外的生活很向往，萌生了出走的勇气。同学、朋友纷纷跑来找乔根善，商量着一起去外地找活干。

黄河赤子

第三章

带出一支"锹头队"

乔河畔村是喇嘛湾的一个自然村,住着100多户人家300多口人。这里人多地少,主要作物就是玉米、小米、黄豆、土豆,家家户户缺粮。一方水土养活不了一方人。自古以来,喇嘛湾人的主要谋生手段就是跑河路。穷,一直就穷。正因为穷,村里养不住人。

毕淑敏说,每个人出生的时候都是蝌蚪,长大了却变作井底之蛙。这不是你的过错,只是你的限制,但你要用办法弥补。乔根善的弥补方式,就是带着一群"井底之蛙",走出乔河畔村这个窄小的天地,去经风雨见世面,养家糊口。

乔根善说:"种地维持不了生活,干别的既没有本钱,又没有适合的营生,咱们可以组织一个小小的工程队,用辛勤的劳动去谋生。"

大伙一致拥护,说:"我们跟着你,吃苦受累都不怕,你说干啥就干啥。"

乔根善挑头，在村里拉起了一支20多人的工程队。他们没有多少专业技术，也没有什么施工设备，工具就是几张锹、几把镐，再就是泥叶、泥托、泥抹子，有人叫他们"锹头队"。其实，"锹头队"是一个特殊的劳动群体，他们以艰辛的劳动谋生。他带着这支"锹头队"，外出打工，承揽工程，成为改革开放后的"草根创业者"。

正当乔根善苦思冥想去哪找活干的时候，准格尔旗陈坡煤矿的矿长来找他打家具。

矿长说："我是慕名而来请你去打家具的，有什么条件你尽管提。"

乔根善爽朗地笑着，说："我还真有一个条件。"

矿长说："你说，只要我能办到的，一定满足你。"

乔根善说："去给你打家具没问题，只是我还有一个小型工程队，你可不可以在煤矿给大家找点活干。"

矿长说："煤矿有的是活，正准备盖家属房，你带着人来干吧。"

乔根善知道他一走，整个家就得贾秀女一个人来扛。他对贾秀女说："我这一走，家里的活一点忙都帮不上。3个孩子，4亩地，够你受的。"

贾秀女笑笑说："你放心去吧，不到万不得已，我不会向你求助的。"

于是，乔根善带着他的工程队投入市场洪流中。

黄河赤子

在北方，立春以后还很冷。冻土未醒，花开尚早，冬还在做着美梦。在一个万物蠢蠢欲动的早晨，乔根善像他的先祖当年走西口外出谋生一样，带领一支队伍，背井离乡，沿着弯弯曲曲的山路、默默流淌的黄河，走向了准格尔旗，决心凭着一双手闯天下。

乔根善在陈坡煤矿如愿以偿地承担起盖家属房的工程。他们盖的是平房，也是福利房。在计划经济时代，人们是靠分房来解决住房问题的。一些大的单位会给职员配备住房，这些住房一般居住条件不是太好，但是价格很优惠。那时候，建房子不难，只要有石头、水泥、砖瓦，自己找点人就能干。一般先挖地基，然后用石头垒，垒出1米高，再在上面砌砖，之后搭上椽檩就成了。干这样的活没有多少难度，按单位提供的图纸盖就行。

他们白天在工地上干活，晚上就睡在工棚里。工棚里没有床，他们就在地上睡，身上顶多铺几层水泥纸袋子。白天刚铺上，晚上就全洇湿了，被褥都是湿的。白天受一天苦，黑夜睡在这么潮湿的地上，再遇上天阴下雨，好多人都没法入睡。

有人问："队长，这活又苦又累，不知道我们能不能挣到钱？"

乔根善说："吃苦受累都好说，谁让咱们是农民工呢？谁让咱要背井离乡出来挣人家这份儿钱呢？你们放心，其他人一天才挣1元钱，我们一天挣4元钱。咱们再苦再累也要好好干，保证工程质量。全指人家活呢！"听他这么说，大家顿时精神百倍。

乔根善把工程队安顿好后，就去矿长家打家具。他打出来的家具，做工精细,时尚漂亮,矿长十分满意。

家具做完了,房子也盖得差不多了,乔根善带着几个木匠一起做门窗。

不久,房子盖好了。他们望着即将分配给煤矿工人们的新房子,都非常羡慕。

有人说:"我们要是能住上这样的房子,这辈子活得也值了!"

乔根善说:"只要咱们好好干,钱会有的,房子也会有的。"

乔根善带着这支"锹头队",终年奔波在各种工地上,不分昼夜地干活。没有活的时候,他们就在重要的路口等活。20多个人,拿着铁锹齐刷刷站成一排,狂风吹不倒他们,严寒冻不死他们。为了生存,他们不轻易放弃每一次难得的活。凭着硬实的肩、勤劳的双手和那把铁锹,为自己也为别人创造着美好生活。站累了,他们就围在一起打打扑克,说说笑笑。有时还会像小时候那样,摔摔跤、掰掰手腕。看着晒得黝黑的脸上露出的笑容,过往的行人也被他们乐观向上的生活态度感染着。

有人问他们:"你们什么时候最高兴?"

他们不约而同地说:"挣到钱的时候。"说完都嘿嘿地笑了。

他们是活动在白云鄂博最早的"锹头队"。那时,当地人看不起这种又脏又累的活。后来,看到这个活也能挣钱,附近村子里的人也加入了这个行列。

有一天,实在无活可干,乔根善说:"我有个二叔在白云鄂博的银行当行长,我去找他碰碰运气,也许他认识的人多,能给我们找点活

黄河赤子

干。"

乔根善满怀希望来找二叔，刚开始二叔也没能帮到他。只说牧区有想打家具的，让他去找找看。后来，在二叔的帮助下，他们找到一个盖家属房的活。乔根善喜出望外，拍着胸脯，保证干好。

他们起早贪黑、夜以继日地盖房子。

乔根善也施展了他的木工手艺，开始架房梁、做门窗。

在乔根善的带领下，他们1个月时间挣到3000多元钱，这是他们平生第一次赚到这么多的钱。

乔根善不仅木工手艺好，而且为人厚道，脑子活，会挣钱，许多人慕名而来。之后，他带着这支"锹头队"，不断地包工程，工程越做越多，名声越来越大。

房子也经历了太多的变化。从土房到板房，从木头房到水泥房，从平房到楼房，从福利房到商品房，从一家几口人蜗居在不到20平方米的斗室里到享受着上百平方米的居室……这就是改革开放后人们生活上的变化。

后来，乔根善的二叔调到包头的一家银行当行长，想让他跟着去包头揽工程。乔根善为了不给二叔添麻烦，谢绝了他的好意，回到喇嘛湾。

视尊严如生命，这是乔根善的性格。

乔根善常说："记住年轻时的苦日子，就能深知如今好日子的来之不易。我们青年时代的开端让人忧愁。中国向何处去？当时的我们不敢说，可是我们都在想。改革开放后，我们的困惑云消雾散了。我们是改革开放的坚定拥护者和实践者。我们有坚定的信仰，我们不纠缠于'姓社''姓资'的问题，我们坚信邓小平的话，'发展才是硬道理'。"

改革开放40年，乔根善这一代人走过盛夏进入金秋，品尝了生活的苦辣酸甜。是改革的春风给了他们报效祖国的舞台，激活了他们的青春活力。他们虽然没有创造出惊天动地的伟业，但也无愧于祖国。

第四章

来自草原的人生启示

人走出了深山沟,心也跟着走出了深山沟。乔根善的民工队伍没活干的时候,他就单枪匹马去白云鄂博找活干。

20世纪80年代,草原上牧民们的生活发生了翻天覆地的变化。他们看到汉族家庭有很多创新之处:红色、绿色的油漆地面取代了清一色的水泥地,黑白电视机、电风扇逐渐普及,新式家具代替了旧家具,生活尽显小康姿态。

有一年,乔根善背上木匠工具,来到希拉朝鲁嘎查(村),牧民们家家户户都请他打家具。他在草原上待了2年。蒙古族长期在游牧生产和生活中形成的敬畏生命、尊重自然、与自然和谐共生的绿色生态发展观,以及生活习俗、家庭教育理念等给了他许多人生启示。

一

希拉朝鲁嘎查位于希拉穆仁草原。"希拉穆仁",蒙古语,意为"黄色河水"。这里草原辽阔、水草丰美、牛羊遍野,牧民策马扬鞭,不时传来阵阵歌声。

乔根善走出蒙古包,抬头望望,天空碧蓝如洗,白云朵朵如莲;低头看看,绿草如茵,鲜花遍地。一种"大漠空高尘不飞,新秋塞上草犹肥"的感觉扑面而来。他顿感神清气爽,身心舒展。他想,没有白费的努力,没有碰巧的成功,只要认真对待生活,终有一天,你的努力将绚烂成草原上的一朵花。

蒙古包为蒙古族的传统住房,从外面看起来很小,走进去却内藏乾坤。它冬暖夏凉,展现出牧民的智慧。乔根善去打家具的这户牧民家,人口不少,两个孩子在旗里上学。当地的牧民都说蒙古语,不懂汉语,因为语言不通,他没法和主人交流,只能专心干活。

到了暑期,这户人家的两个孩子回来了,围着乔根善好奇地问这问那。原来牧民家的孩子,一般都会在白云鄂博上汉族学校。为了方便沟通,他和孩子们学习蒙古语,后来成了蒙古通。

乔根善到牧民家里打家具的同时,也对他们的生活有所了解。闲暇时,看他们放羊、生火、挤奶、做饭、捡牛粪。他真切地感受到牧民对生活的热爱。无论生活方式如何变,骨子里不变的依旧是对草原的那份

黄河赤子

深深的热爱和感恩。在草原上,生命肆意舒展,自由不羁,你能体会到天之高远,地之深厚,草原人对生命的理解格外洒脱,也格外珍惜。这些逐水草而居,以放牧牛马羊为生的牧民,有着和汉族截然不同的生活方式和人生信仰。

蒙古包里藏着生存哲学。如果说草原是绿色的大海,那么蒙古包则是大海中的点点白帆。牧民世居草原,以畜牧业为主,过着"逐水草而居"的游牧生活。他们每年都会赶着畜群转场,倒营盘,夏天在草地上,冬天在山坡上。这不仅是为了及时给牲畜提供优质的牧草,而且还有利于草原的生态平衡。

牧民长期生活在草原上,无论男女老幼都喜欢穿蒙古袍,冬装多为光板皮衣,夏装多为布类。蒙古袍衣体宽大,袖子较长,下端不开叉,衣领较高,腰带中围,非常适合牧民在草原上防寒。

蒙古族的交通工具主要有役畜和车辆两种。役畜以马和骆驼为主,车辆主要是勒勒车。马不仅是他们的交通工具,也是蒙古族文化的重要组成部分。牧民熟识马性,通常采用粗放式牧马。蒙古马分几大品种,有乌珠穆沁马、百岔铁蹄马、乌审马等。蒙古族的传统饮食大致有4类,面食、肉食、奶食和茶食。通常将肉食统称为"红食",将奶食统称为"白食"。牧民的一日三餐离不开奶茶。奶茶由砖茶与鲜牛奶熬制,喝的时候可以加少量的盐或黄油、炒米、羊肉干,暖胃又解渴。主要食物是手把肉。手把肉是蒙古族的传统食品,也是待客的美味佳肴。他们挑选膘肥肉嫩的羊,就地宰杀,剥皮,入锅,不放佐料煮,色香味俱全。因为不用筷子，而直接用手抓着醮盐或葱姜蒜等佐料吃，所以叫手把肉。初到牧区，乔根善吃不习惯，后来习惯了一顿能吃上三四斤。

二

乔根善在学习蒙古语的过程中，得知这里是龙梅、玉荣的故乡，还听到当地广泛流传的"草原英雄小姐妹"的感人故事。

那是1964年春节前夕，12岁的龙梅和9岁的玉荣，在希拉穆仁草原上替父亲放牧生产队的羊群。至中午时，一场罕见的特大暴风雪骤然袭来，气温降至零下37℃，羊群惊恐四散，顺风狂奔。人和羊随时有被暴风雪吞噬的危险。她们牢记阿爸平日的教诲："羊是集体的财产，是集体的命根子，一只也不能丢！"她们急忙拦住羊群往回赶，肆虐的暴风雪挡住了回家的路。为了保护集体的羊群，她们与暴风雪搏斗了一夜，跋涉了30多千米，来到白云鄂博火车站附近。羊群没有停下来，二人饥寒交迫。突然，龙梅呆住了，妹妹玉荣的脚冻成了两个冰坨子，毡靴早已跑丢了。龙梅想把自己的毡靴脱下来给妹妹，但她的手指已经不听使唤，而且毡靴也和脚冻在一起，姐妹俩只好搀扶着，继续艰难地挪动着追赶羊群。玉荣晕倒在雪地上，幸好遇到几名铁路工人救起了小姐妹。她们被送到白云鄂博铁矿医院，经过抢救，姐妹俩的命保住了。但是龙梅失去了左脚拇指，玉荣右腿膝关节以下和左脚踝关节以下被截肢，造成终身残疾。当年《人民日报》报道了她们的感人事迹。内蒙古自治区

黄河赤子

党委授予二人"草原英雄小姐妹"光荣称号。她们的事迹感动了中国，激励了几代人。

乔根善与龙梅同为1952年生人。听到这个感人的故事后，他抽空去了龙梅和玉荣的旧居。两间低矮的土坯房，加起来不足30平方米。他了解到小姐妹在党和政府的关怀下进入百灵庙民族小学免费读书。后来，龙梅入伍，玉荣上学，全家离开了草原。那场暴风雪，彻底改变了小姐妹及家庭的命运。

草原英雄小姐妹的精神点燃了乔根善心中的火把，照亮了未来。他干完活，躺在蒙古包里总是在想：我和龙梅、玉荣是同龄人。她们两个女孩子，年龄那么小，面对寒冷、恐惧、疲劳，仍然把责任全部担在身上。为使集体的羊群安全返回，龙梅失去了左脚拇指，玉荣失去了双脚，造成终身残疾。她俩完全可以只顾自己的性命而放弃羊群自己跑回家去。可是为了不丢掉一只羊，她们没有这样做。这种精神是多么令人感动啊！这是牧人的淳朴、善良的品格。我堂堂七尺男儿，如果有小姐妹那样舍己为公的精神，从我做起，从小事做起，遇到困难不退缩，将来也能成为一个对社会有用的人。

每当乔根善做完一户牧民家的家具，准备回趟家的时候，嘎查长就给各个营盘下通知，给乔师傅准备一只羊。那时，草原上的牧民没有多少现金，做完了活，就拿羊顶工钱。他每次回家，都要带回四五只羊。

当时，清水河县的羊小得可怜，一张报纸就能包住一只羊。草原上的羊大，一个麻袋才能装下一只羊。乔根善挣了羊，就拿到清水河街上卖，手里逐渐有了点积蓄。

许多年以后，乔根善谈起在草原上的打拼，仍津津乐道。给他感触最深的是，牧民对生活的执着，对草原的热爱，对人的热情和懂礼貌。对于草原上的孩子们来说，他们希望自己能像阿爸一样，手握长长的套马杆，放着成群的骏马，驰骋在一望无际的草原上。翠绿铺向天边，最纯洁的蓝天白云和最热情的牧民，仿佛身处天地间最辽阔的地带。

第五章

不信河畔只生"穷"

黄河流经的西北、华北等大多数地区属干旱、半干旱地区,因为缺水,人们对水充满了渴望。这条中华民族的母亲河要以有限的水量浇灌这片土地,泽被数以亿计的苍生。三十而立的乔根善遭遇了黄河断流般的打击和苦难。

一

乔根善的青春时光在刨子和锯子的打磨声中悄悄流走了。一个人30多岁了,应该是什么样的状态呢?经过几年背井离乡的打拼,乔根善靠着卖苦力,挣到了血汗钱,家里的生活得到改善。于是,他蠢蠢欲动,想办一个小型木器厂。

20世纪80年代,又一轮打家具的风刮遍了城市和乡村,家家开始淘汰旧家具。流水线生产时代的来临,使得家具生产规模大幅度增加,新式家具横空出世,一些组合家具已经悄然进入部分家庭。"组合家具沙发床,黑白电视放中央,三间砖房水泥地,租辆卡车接新娘。"这句当时的流行语道出了国人对家的憧憬和幻想。

那时候,中国家具市场刚刚开始起步,还没有生产成品家具的木器厂。乔根善看到了家具市场的潜力,抓住先机,招聘了6名木匠,在喇嘛湾镇办起一个小型木器厂,准备做沙发、立柜、书架等成品家具。乔根善雇的木匠都是一起和他出去揽工程、盖房子的伙伴,手艺都是一流的。加上乔根善严把质量关,他们做出来的家具新潮时尚,供不应求。

没想到命运总爱和人开玩笑。正当乔根善信心百倍,准备甩开膀子大干的时候,好端端的日子突然像"黄河在这里拐了个弯"急转直下。一场火将他们的辛苦和收获化为灰烬,他也掉入了人生的低谷。

为了加大生产力度、满足市场需求、挣更多的钱,乔根善拿出自己的全部积蓄,6名木工纷纷解囊,筹集了2万多元,买回一车松木圆料。

无论做什么工具或家具,都要靠拉大锯剖割原木。拉大锯完全靠人工,效率很低。木工们分成3对,将原木一头垫起置于两人中,彼此上下对面而立,各自双手握紧长约2米的大锯锯把,上下反复一推一拉。拉大锯不是什么人都能干的活。拉大锯的人必须体格非常强壮,初次上阵拉大锯,如果不悠着点,轻则手臂肿得不能活动,重则累得吐血。拉大锯时间长了,还会落下个毛病,就是不论何时何地都会不断地甩头。

黄河赤子

乔根善看到有体力不支的就上去替换，他们一起用大锯将一根根原木锯成板料。

刚锯好的料有些湿，要想做家具，就得先烘烤干，否则做出的家具容易变形。烘烤木料的土窑十分简易。先在地上挖一个大坑，把木板架起来，一层一层码好，上面封好，只留一个小孔，让熏烤时的烟冒出去。一切准备工作就绪，最关键的一步就是在下面将锯末子点燃，但不能让它烧起来，要用烟慢慢熏烤。熏烤时间的长短，要视木板的干湿程度而定。短则一周，长则半个月。每天24小时轮流派专人看管。有一天夜里，看管的人睡着了。后半夜，刮起了大风，风将土窑里锯末的火星吹着了。由于松木板油性大，火很快将木板烧着。等看管的人被烟呛醒时，土窑里的木板已化为灰烬。

2万多元钱，对当时的人来说，那简直是天文数字。

乔根善并没有责怪任何人，只是坐在木工房里的板凳上一语不发。他感觉自己变成土窑里的一堆灰烬，不但没有一点火星，连残烟也没有。生命好像到了尽头，视觉、听觉和语言好像都是多余的，他那永远不会感到疲倦的精力也逃得无影无踪。

贾秀女怕他一时想不开，就去找了爷爷乔厚，让他开导开导孙子。在乔根善小的时候，乔厚教会他不少知识，打心眼里佩服爷爷。他一直对爷爷奶奶很孝顺。他在清水河县城做家具的时候，就怕爷爷奶奶吃不上白面。他找人批条子买上一袋面，自己家不吃，也要先给两位长辈送过去。

二

乔根善听说爷爷叫他过去，就马不停蹄地赶到爷爷家。

乔厚已经80多岁，瘫痪在床，是大儿子乔元占侍候着。乔厚躺在床上，看见乔根善推门进来，就招呼他上炕在方桌边坐下，问："根善，你今年多大啦？"

听乔厚这么问，乔根善愣了一下。他知道，爷爷最亲他，怎么能忘了他多大？他望着乔厚的脸，幡然醒悟，爷爷是在明知故问，就随口答道："30岁了。"

乔厚说："孔圣人曰，'三十而立'。就是说如果到了30岁，还是别人说什么就是什么，没有自己的主见，分不清对错，人云亦云，甘当水中的芦苇，腹中空，随风倒，那就是没有'立'起来。你知道孔圣人说的'三十而立'，主要是立什么吗？"

乔根善答道："应该是立德、立信和立命。"

乔厚说："看来从小让你背古诗和《名贤集》没有白费。有人说，主要是立身、立家和立业。这就错了！你想孔圣人19岁成家，20岁就当爹了，他为什么不说'二十而立'？你说一下立德、立信和立命指的是什么？"

乔根善说："立德主要指自我道德修养。人到30岁，不仅要有正确的世界观、人生观和价值观，而且在与外界联系方面，有自己的人脉和朋友，有一定的口碑。"

乔厚说："从古至今，30岁的人早已过了寒窗苦读的年纪，已经步入社会，并有了自己的事业。那么立信，又指什么呢？"

乔根善说："立信是一个人在社会上立足的根本。不仅要言行一致，还要坚守诚信；不仅要有稳定的工作，还要确定事业的方向。我现在把稳定的工作丢了，还欠了一屁股账，就像无头的苍蝇一样。"

乔厚说："你也不是什么都没有，你有媳妇和孩子，已经是'立家'的人了。'立家'不单是组建自己的家庭，还要承担家庭的责任和义务。你再说说'立命'。"

乔根善说："立命当然是有安身立命的本领。"

乔厚说："孔圣人主张人要奋斗的，所以30岁应该有养活自己和家人的本领了。孔圣人说的'立'，立的是人格，立的是一种自我的觉悟。在如今的社会，30岁不过是不断成长的一个阶段。'三十而立'在于心，而不在于年龄。我还是给你讲个故事吧。"

"过去家族里有族长，还有'族田'。各个小家庭有自己的家长，而小家庭要受到族长的制约。当小家庭遇到困难时，同族人会伸出援手。当一户人家父母都去世、孩子没人照料时，族长会出面托人照顾孩子，并用'族田'的产出来养育孩子长大。有一个年轻人准备离开家乡去外地创业。临行前，他去拜访一位年老智慧的族长。族长随手写了3个字'不要怕'，并对他说，人生的秘诀只有6个字，这3个字供你享用半生。几十年以后，这位年轻人已是白发苍苍的老者，返回家乡，再去拜访那位族长。族长已经去世了，却留给他一封信。他打开看，又是3个字'不后悔'。年轻时不要怕，应该去闯，去拼，就算失败、跌倒，也要爬起来；年老的时候不要扼腕叹息，后悔虚度时光！"

故事讲完了。乔厚说："这个故事告诉人们，30岁可以算是人生的重要分水岭。30岁之前的行为和选择，决定你30岁以后的人生走势。爷爷之所以和你说这些，是希望你成为顶天立地的男子汉。"

听完乔厚的话，乔根善豁然开朗。他走出爷爷家，站在院子里，心想：30岁，我拥有的安身立命的本领还是木工手艺。经过在外闯荡打拼，已经学会了独自面对孤单与欢聚、疼痛与喜悦、困厄与欢欣。在困难面前，做一个顶天立地的男子汉，就是要不乱于心，不困于情，不念过往，不畏将来。人生是个不断修行的过程，每个年龄段做好应该做的事情，才不会后悔，这样的30岁才算合格。

回到家里，贾秀女已经把饭做好等他吃饭呢。

贾秀女说："你这几天都没有好好吃饭，我包了饺子。身体是革命的本钱。"

乔根善说："人是铁，饭是钢，一顿不吃饿得慌。我都快饿死了。"

贾秀女说："你想开了？"

乔根善说："我都想好了，大不了把木器厂关了，我再走家串户打家具去。"

贾秀女说："以后有了啥事儿，不要一个人扛着。我也想好了，找亲戚朋友借点钱，木器厂继续开着，我不信这黄河畔只生'穷'。"

乔根善说："没想到，你还挺有志气的。"

贾秀女说："我这叫，人穷志不短。"

木器厂继续开着，终于有一天扭亏为盈了。

20世纪80年代，很多人家的家具还是纯手工打造的，全国涌现出成千上万的木匠。那时，一部分人先富了起来。压抑已久的人们，为了标榜自己的"富裕"，家家户户装修房子、换家具。他们学电视上、酒店中看到的模样，改造自己的家。罗马柱、水晶灯、墙纸、皮沙发被广泛应用。人们在模仿中寻求发展，"奢靡风"开始盛行。

乔根善看到家具市场的这种趋势，就动了转行的心思。随着喇嘛湾黄河公路大桥建成，他下定决心转向养车。

俗话说："木匠祖师是鲁班，家伙学成载一船。"转行之前，乔根善翻箱倒柜，把自己用过的工具全部拿出来摆在地上，并默念着这些工具的专业名称与用途，如数家珍。斧、凿、锯、刨、锤、钻、铲、锉、尺、墨斗，应有尽有。有些工具是乔根善亲手做的，已经陪伴他好多年，有点儿爱不释手。看完之后，他又把这些工具整整齐齐放好，作为他这段木匠生涯的见证。

第四篇

欲渡黄河冰塞川

有志者，事竟成，破釜沉舟，百二秦关终属楚；苦心人，天不负，卧薪尝胆，三千越甲可吞吴。

——蒲松龄

黄河赤子

　　任何事业的成功史中总有一段伤心史。乐观的人在每个忧患中看到机会，悲观的人在每个机会中看到忧患。成功的秘诀有很多，有人依靠过人的天赋，有人依靠家里的背景，有人则依靠机遇……但乔根善的成功却是凭借耐心和毅力"熬过来"的。

　　在改革浪潮中，乔根善从"外出打工"到"返乡创业"，以专注、执着、坚强等难得的品质，百折不挠、锲而不舍，迸发出惊人的创造力。

　　每当他遇到困难的时候，就会想起黄河"几"字弯，她就像黄土地上拱起的脊梁。在人生的旅途中，脚下的路需要自己走，生活的艰辛、工作的疲累、赚钱的困难、养家的责任，都需要自己一个人来扛。

　　一路走来，他跌跌撞撞，伤痕累累。面对痛苦的折磨和失败的打击，快顶不住时，他就躲到黄河边哭上一场。哭完后，他爬起来继续向前走。当他熬过磨难、遭受过苦难后，他不再惧怕；无论再遇上什么难事，他都可以忍受。他相信，苦难总会过去，美好的生活总会到来，只有依靠自己才能撑起头顶的一片天。

　　机遇可遇而不可求。因为他曾经失去过许多机会，当机会再次来临时，他一定会紧紧抓住。

第一章

天堑变通途

黄河，是我国的第二大河，是中华民族的母亲河，也是华夏文明的发祥地。她发源于青海巴颜喀拉山，全长5464千米，流经青海、四川、甘肃、宁夏、内蒙古、山西、陕西、河南和山东等9个省区，流域总面积79.5万平方千米。倘若黄河一直沿着北纬40度线向东奔流，那将是她抵达渤海的一条捷径。然而，她流到内蒙古自治区托克托县河口镇时，再次转向南，仿佛故意要以自己的大手笔在大西北巨大的时空中书写一个巨大的"几"字。她离开河口镇不久，就进入喇嘛湾，由西北流向东南，到了"君子津"渡口。

黄河赤子

一

喇嘛湾镇位于呼和浩特市南郊，处于晋、陕、内蒙古交界处和呼和浩特、包头和鄂尔多斯金三角地段。它北依亚洲规模较大的火力发电厂——内蒙古大唐国际托克托发电有限责任公司，南与国家大型水利枢纽工程万家寨水库相连，东接蒙牛乳业基地和林格尔，西与准格尔煤田隔河相望。所辖红旗、跃进、前进、榆树湾、落四坪、樊山沟、杨西梁、前什拉等9个行政村，总面积217.67平方千米。

中华人民共和国成立后，中国桥梁建设者在黄河上修建了一座座公路桥、铁路桥、公路铁路两用桥和人行桥，使黄河天堑变通途。1982年，因为喇嘛湾镇的交通量增长很快，渡口已不能适应经济发展的需要，决定将喇嘛湾镇至伊克昭盟公署所在地东胜公路上的黄河喇嘛湾渡口改建成永久性公路大桥，建设桥头两端与原有公路连接的8.6千米引线改建工程。

喇嘛湾黄河公路大桥作为呼（呼和浩特市）准（准格尔旗）干线控制工程和准格尔煤田前期工程项目，于1983年5月开工建设。

它是中交第一公路工程局有限公司在内蒙古自治区所建的第三座黄河公路大桥，有多项技术居当时国内领先水平。这座大桥地处山区，河床钻孔挡围堰，属当时国内少见。虽然其施工工艺与包头黄河公路大桥相同，但施工条件更为艰苦，施工难度更大。在山区的三九天里，员工

第四篇　欲渡黄河冰塞川

坐在几十米高的桥墩上，在箱梁底下填箱梁顶推滑块，头抬不起来，身体不能直立，手被寒风吹出一道道血口子。当6台千斤顶同步将重达几千吨的箱梁顶推到位时，很多员工的腿和脚都被冻僵了。在这种极端艰苦的施工条件下，广大建设者以辛劳和智慧，用3年时间建成呼和浩特市到准格尔煤田通道上的重点工程——喇嘛湾黄河公路大桥。

雄伟的喇嘛湾黄河公路大桥位于晋陕峡谷上段的内蒙古自治区境内，左岸是呼和浩特市清水河县小榆树村（汉朝时"君子津"渡口的旧址），右岸是鄂尔多斯市准格尔旗前房子村。这是黄河中游河段的发端地带。在这里黄河受吕梁山脉阻挡，掉头向南，犹如一把利剑，将黄土高原劈开一条深邃的峡谷。大河中开，峙立如屏，长河滚滚，汹涌澎湃，成为山西和陕西两省的界河，晋陕峡谷因此而得名。喇嘛湾黄河公路大桥全长390米，桥面宽12米，其中行车道9米，两侧人行道各1.5米，主孔6个，每个跨径65米，上部构造为钢砼预应力箱形连续梁，下部构造为重力式墩台，总投资2208万元。

喇嘛湾黄河公路大桥的建成大大缩短了呼和浩特、鄂尔多斯两市之间的距离，成为呼和浩特和晋、陕的主要通道之一。公路运输取代了水运，四通八达的公路网缩短了这个千年小镇和全国的距离。几十趟客车从这里经过，太原、西安、银川、北京等地都可以朝发夕至。

二

　　1985年，喇嘛湾黄河公路大桥建成，结束了"河西煤如海，河东煤似金，大船运煤炭，只够毛驴驮"的历史，喇嘛湾失去了水陆交通枢纽和延续几百年的"水旱码头"的有利因素，逐渐销声匿迹。当年的河路汉也成了失业者！

　　这是喇嘛湾有史以来第一座大桥，也是一座公路及人行桥。几百年来，一道黄水隔南北，人们不得不靠帆船摆渡，极大地影响了两岸人民的交往，制约了经济的发展。虽说这里的黄河不算太宽，但是近在眼前的彼岸，仿佛在遥远的天边。这里的人甚至渴望冰天雪地的冬天早日来临，等大河冰冻，他们就可以滑着冰抵达彼岸。

　　今天一道大桥贯通南北，两岸的人们相拥相抱在大桥上。姑娘小伙子唱着、跳着，黄河水在脚下欢快地流淌。以后你再也看不到他们的身影，不过你抬头向大桥张望时，他们会跨桥而过。

　　桥，是沟通两岸的媒介。因为有了桥，人们可以跨过障碍，到达彼岸。喇嘛湾黄河公路大桥建成的那一天，灿烂的阳光把这座黄河大桥照得无比清晰，这庞然大物也有了几分优雅的姿态，给人一种肃然起敬的庄严感。

　　乔根善站在这座大桥上，望着川流不息的车辆，仿佛看到一条条宽敞的道路向远方延伸，一座座漂亮的大桥跨越清水河南北，清水河县将发生翻天覆地的变化。一座桥除扮演交通枢纽的角色外,往往还承载着一段历史。他想到清水河县城关镇的东门大桥,那是一座古老的桥,建于1967年,大桥全长121.7米,桥梁宽7米,双向两车道。这座五孔石拱大桥,曾经入选人民交通出版社出版的《中国石桥》一书。而今大桥经年沧桑,雄姿依然。这条碧波粼粼的清水河上,早年还建有吊桥、临时战备钢桥、小石桥。但随着时代的变迁,旧桥早已被新桥所代替。这些新桥千姿百态、错落有致地分布在这座塞外山城,古朴而典雅、美丽而动人,折射出清水河独特的地域文化和时代精神。乔根善由此想到正直无私、淳朴善良、诚信担当、仁义友爱的"君子津"精神,叩开了他"真善美"的心扉。

乔根善低下头看,黄河水就在他的脚下穿桥而过。一条大河历经艰险,穿过上游的一道道大峡谷,咆哮之声远去,到这里已变得十分安详,在一片荡漾的波澜中,充满了向往和梦想:我要买一辆车行驶在这座大桥上,我要亲手在清水河上建一座大桥,为家乡带来希望。他感觉自己站在一艘大船上,准备启航……

第二章

人生皆苦唯有自渡

在人生的旅途中,我们始终期待能与帮助我们的贵人相遇,但是贵人并不经常有,只有自渡才是唯一的出路。

一

从20世纪80年代开始,乔根善一直在外做木工,在外闯荡。他虽然付出很多艰辛,但也开阔了眼界,解放了思想,内心深处积蓄了很大的热情。在改革开放的大好形势下,乔根善有了新的发展思路。他的木器厂还开着,除还清外债,还稍有积蓄。那时候,已经有很多美观时尚的家具在市场上出售,对他的生意冲击较大。乔根善想,现在生产家具的企业越来越多,竞争越来越激烈,做生意就要做到人无我有,人有我优。我的木器厂家具做得再好，也是传统家具，虽然做工精良，但和规模化生产的家具没法比。不如把木器厂关掉，买一辆大卡车拉煤搞运输。

贾秀女说："你的创业目标有了，问题是买一辆二手车也要1.6万元，就是拿出咱们的所有积蓄，连零头也不够。怎么办？"

乔根善说："我去信用社贷款。"

可是，贷款无望，他打起退堂鼓。此刻，他就像在迷雾中行走，周遭朦朦胧胧一片。可是，他没有停在原地观望，而是抛开所有的忧虑和恐惧，鼓足勇气，一直向前走。当他踏踏实实地迈出第一步时，很快就发现，眼前的路看得清清楚楚：喇嘛湾黄河公路大桥修好了，呼喇路也修好了，喇嘛湾镇是准格尔煤向外运输线上的必经之路，千载难逢的大好时机正在向他招手，怎么能错失良机呢！就是四处借钱，也要干！

钱，终于凑够了。乔根善购买的第一辆车是带挂斗的二手解放牌卡车。当车开回喇嘛湾镇后，引来许多人的围观，激起许多人的梦想。

有人问："根善，你买个大汽车做甚用？"

乔根善说："我想去准格尔拉煤挣钱。"

有人说："等你赚了钱，我也想办法买一辆解放车，跑运输，现在可买不起。"

提到解放牌汽车，一些上了年纪的人都知道，这是共和国工业化的长子。它是长春第一汽车制造厂的产品，也是近现代中国自行生产的第一批汽车。解放牌汽车的到来，预示着中国汽车工业革命的开始。这辆

黄河赤子

车在喇嘛湾的出现，预示着当年河路汉手中的粗麻绳变成了方向盘，也预示着这个自古就有的"水旱码头"向"运输镇"转变。

出喇嘛湾，沿103省道向南行，过喇嘛湾黄河公路大桥，就进入了鄂尔多斯市准格尔旗境内。准格尔旗是个好地方，那里是"漫瀚调"之乡，民风淳，人情厚，是个出忠厚之人的地方，也是个出煤的好地方。为尽快还上外债，乔根善每天和雇佣的大车司机，起早贪黑地从准格尔旗拉上煤运到呼和浩特、武川、四子王旗等地去卖，披星戴月、风餐露宿，吃苦受累可想而知。半年之后，乔根善挣了钱，就将旧车卖掉，花了6万多元换了一辆新车。

一辆崭新的辽河带挂大卡车，开回喇嘛湾镇，再次掀起巨大的波澜。

"拉煤能挣上钱，你看根善换新车了。"

"我也想买一辆车，就是钱不够。"

"我也想买一辆车，不如我们合伙买吧，等拉煤挣了钱再自己单独买。"

大家异口同声："这个办法好！"

喇嘛湾镇两三家凑钱买车的现象蔚然成风，在这个人稠地窄的地方，拉煤跑运输成了他们的出路。不跑车的人家有的搞起了餐饮和住宿，有的搞起了汽车修理，有的还经营起路边商店，喇嘛湾镇呈现出一派欣欣向荣的景象。

正当乔根善换了新车准备大展宏图的时候，意想不到的打击再次让他丧失生活下去的勇气。

有一天,乔根善和雇佣的司机拉了一车煤,行驶在呼和浩特市前往武川县的路上。乔根善坐在副驾驶的位置上,欣赏着车窗外的风景。农田、树木、原野、山川在他的眼前跳跃着,仿佛正在描绘着一幅美丽的风景画。他想,跑车虽然苦点累点,但整天担惊受怕的。不过这些只是暂时的,挺一挺就过去了;熬一熬,就熬出来了。生活的艰辛,工作的疲累,赚钱的困难,养家的责任,都需要我自己扛下来,脚下的路需要自己走,一切都只能依靠自己坚强。

突然"哐当"一声巨响,乔根善的身体失去了平衡,险些撞到前挡风玻璃上,又随着惯性把他抛回座位。"轰"的一声,他的脑袋蒙了,半天才回过神来。他和司机跳下车,一看自己的车与一辆相向而行的拉煤车相撞,对方也是一辆崭新的带挂车。这起交通事故乔根善这一方是主要责任方,连赔偿和修车需要8万多元,所幸没有人员伤亡。

乔根善的心里连连叫苦:买车已将所挣的钱都投进去了,还没挣钱就出了这档子事。他去哪里筹措8万多元钱呢?一分钱难倒英雄汉呀!他感觉上天把所有的门都关上了,已经到了山穷水尽、无路可走的地步。

回到家里,乔根善只对贾秀女说了一句话:"这辈子穷根算是扎下了。"

贾秀女说:"我听说车出了事,没伤着人就好。"

有道是,男儿有泪不轻弹。对一个大男人来说,眼泪很珍贵。不管心里承受多大压力，眼泪都不会轻易流下来。虽然难过但不敢声张，不敢在别人面前哭泣，不需要别人知道，也不用别人安慰，一个人默默承受着，自我疗伤，自我治愈，自我和解。

贾秀女看见丈夫低着头，一句话也不说，像被霜打的茄子，整个人坍了架，丢了魂，看上去似乎死的心都有了。她看在眼里，疼在心上。她知道，心中纵有千般苦，沉默不语最难过，默不作声的人比谁都痛。他要不动声色地咽下委屈，天塌下来也得自己扛呀！

贾秀女怕他想不开，就劝他说："撑不下去的时候，就大哭一场，哭完继续在这繁杂的人间好好活着。你要记住，之所以要把自己变强大，是因为你自己身后无人依靠，身边却有几个要靠你去保护的人。没钱，我们可以找人借。"

借钱？谈何容易！又不是第一次借钱。贾秀女心里最清楚：这个时代，每个人的内心都有难以言喻的痛苦和无尽的悲伤。你穷，其他人也穷；你苦，其他人也苦；你难，其他人也难；你痛，其他人也痛。

乔根善陷入深深的痛苦之中，贾秀女形影不离地陪着他。

二

生活本来就一地鸡毛，负重前行是常态。

有人说，时间是治愈伤痛的良药，其实时间能治愈的只有那些往前走的人，那些滞留在过去的人只会在光阴里迷失。

第四篇 欲渡黄河冰塞川

面对这一变故,乔根善欲哭无泪。他一句话不说,拉开门,头也不回地向黄河边的"君子津"码头走去。贾秀女怕他想不开跳黄河,远远跟在后面。

乔根善在黄河边坐下,掏出一支烟点上,望着平静的河面,感觉自己被抛到了一个荒岛上,绝望至极。突然,他看到一只船向他驶来,给了他一线生还的希望。可是,就在离他一步之遥时,船却驶远了,留下孤零零的他,一步步逼近死亡。悲苦的思绪随着波浪起伏不断。他又想起自己的母亲,眼泪哗哗地流下来:妈妈生我的时候,剪断的是血肉的脐带,这是我生命的悲壮;妈妈升天的时候,剪断的是我情感的脐带,这是我生命的悲哀。无论母亲离开他多久,他都不能释怀,这是一种什么样的感受啊?就像断了线的风筝,偏离了方向的航船,没有根系的枯树。总感觉生命的钟摆,在心灵深处摆啊摆,下一秒便到了人生的尽头。

乔根善想起木板着火后,爷爷对他说的话,给他讲的故事。那些道理他都懂,他渴望并付出努力把事情做成做好,但他在一次次的挫败中,彻底失去信心和勇气,人生再次陷入低谷。他跟自己较劲,甚至想跳进黄河一死了之。但是,他想到自己上有老、下有小,不能那么无情无义,不能那么没有责任心。乔根善为了稳定自己的情绪,又掏出一支烟点上,吸了一口,让烟从鼻孔冒出来。他望着滔滔的黄河水,心想,我奋斗了这么多年,吃了多少苦、受了多少罪,不光我知道,面前的黄河也知道。既然我把壮志寄养给黄河,无论做什么事情,就要像黄河水

黄河赤子

一样，汹涌澎湃，勇往直前。

贾秀女跌跌撞撞跑过来，远远望见乔根善坐在岸边。她知道他在思考问题，于是就在一棵大树的树荫下坐下，默默望着丈夫，心疼得快滴血了，眼泪顺着脸颊流下来。

贾秀女虽然只上过3年小学，没有多少文化，但是她聪明伶俐，宽容大度，为人处事颇有君子风度。她擦干脸上的泪水，问自己："出了这么大的事儿，该怎么办呢？没什么大不了的，天无绝人之路，大不了再去做木匠。"想到这，她迈着坚定的步伐，向乔根善坐着的地方走过去。

贾秀女紧挨着乔根善坐下。

乔根善问道："你怎么知道我在这儿？怕我想不开跳黄河？"

贾秀女说："一个人，只要有3寸宽的路可走，就不会走上绝路。你是真正的男子汉，能丢下老婆孩子不管不顾？我不相信。生活已经很艰辛了，你又何必如此硬撑着。当情绪快要崩溃的时候，就允许自己释放一把。"

乔根善说："我正想和你说说我的感受。我长这么大，总感觉自己一会儿信心十足，一会儿又自信丧尽。有时，觉得自己完全无能，毫无魅力，没有价值；有时，又觉得天生我材必有用，可以计日程功。充满自信时，我连最大的困难也能克服，但哪怕一次最微不足道的失误，也叫我确信自己仍旧一无是处。你告诉我是不是人人都如此？"

贾秀女说："人这一生怎么会一帆风顺？情绪起点波澜都是正常

的，谁都会有。你如果一直沉溺在怨恨的情绪中，便永远不能自拔，越来越不自信，越来越使自己受伤害。伤害其实是有两面性的。如果你跌倒了爬不起来，你就会一蹶不振；如果你从中跳起来，你就会涅槃重生。路的尽头仍然有路，只要你愿意走。有时，看似没有路了，其实是你该拐弯了！"

乔根善说："你就是我的智多星，你说以后的日子怎么过呢？"

贾秀女说："已经是无法改变的事情，也不必去无谓纠缠。在哪里跌倒，就从哪里爬起来。"

乔根善说："这次跌得有点重，伤筋动骨，大伤元气，很难恢复。"

贾秀女说："每个人的生活都是要经历苦难的，要想渡过这段苦难，就需要靠我们自己，坚信自己能够渡过难关。我们要相信，苦难总会过去，美好的生活总会到来。"

乔根善说："你来劝我，看来是做了功课的。"

贾秀女说："我在那棵树下想了很多。其实，只要用钱能解决的，都不算个事儿。没钱，我可以找人去借。"

乔根善说："我知道乡亲们都很穷，他们不是不帮咱们，是他们根本就没有钱。"

贾秀女说："留得青山在，不怕没柴烧。我们从头再来，我全力支持。"这朴实而贴心的话，犹如寒冬里的一把火，在乔根善的心中燃烧起来，他的热血沸腾了。

黄河赤子

贾秀女的全力支持是从借钱开始的。她白天想尽办法四处去借钱，只要借不到钱，晚上就愁得睡不着觉。乔厚听说孙子的难处，拿出仅有的1000元积蓄。贾秀女找乔根善的朋友马华借钱，马华也在养大车，跑运输，但很慷慨地拿出5000元，说："嫂子，这些钱你先拿上应急，如果不够，我再给你筹措。"让贾秀女没想到的是，马华一下子就借给她这么多钱，这就是朋友间的情分，她千谢万谢。

贾秀女回家，高高兴兴地把钱交给乔根善。

乔根善捧着钱，说："这是救命钱呀！这份恩情永远不能忘。"

后来，喇嘛湾镇的领导亲自出面，帮乔根善在信用社贷了款，他终于渡过了难关。通过这件事，乔根善深深感到：一个人在帮助别人的时候，其实也是在帮助自己；一个人在善待别人的时候，也是在善待自己。这场车祸，当时感觉是灭顶之灾，后来想想，却成了乔根善人生中一个里程碑式的事件。事后，乔根善再次奋起，继续发展他的运输事业，逐渐踏上坦途。

乔根善将车修好以后，下决心学习开车。一年后，他考取了驾驶证，当上了司机。为了能多拉几趟煤，5分钱的白焙子，他一次买上20多个，并且买点榨菜，带着暖壶，这就是几天的干粮。他连家也顾不上回，吃住都在车上。驾驶室里，夏天热得像蒸笼，冬天冷得像冰窖。

每天，他从准格尔煤矿到呼和浩特市往返，回来的迟早，取决于煤卖得好不好。有时候，实在累得不行了，回到家里倒头就睡。冬天怕冻了水箱，贾秀女就在外面让车不熄火。两个小时后，她再把他喊醒。

冬天，他拉的煤主要用于城乡居民做饭和取暖。运气好了，几家人分一车，就卖得快，等着散户买就慢。一车煤卖完了能挣30多元。后来，拉一车煤能挣100多元。那是因为把煤卖完后，又从呼和浩特市拉上木料、水泥、钢材等材料，再运往准格尔旗的建筑工地。那会儿，乔根善唯一的愿望就是挣钱买车。从1辆到10辆，逐渐形成自己的运输车队。

贾秀女每天在家提心吊胆的，乔根善带着车队出发了，她的心也跟上走了。乔根善带着车队回来了，她就给滚油、着车。一切安顿好了，她又回来做饭，让大家吃饱了，再赶路。

在乔根善夫妻的共同努力下，像滚雪球一样，资金积累越来越多。到了20世纪90年代，他们成了喇嘛湾镇有名的运输大户。每当提到这段往事，乔根善总会说："人生其实就像变化无常的天气，没有永远的风和日丽，也没有永远的狂风暴雨。有一天，这些都会过去的，想到这种结果，我就很欣慰。"

得道多助，失道寡助。生活中，真正吃大亏的，常常是那些不厚道的人，而越是善良的人越得人心，越交好运。所谓成功，从来不是侥幸，都是选择和努力的结果。在这个世界上，最大的敌人就是看不到自己的不足和局限。每个人都有不易之事，有时候，一句真诚的鼓励就会信心满满；别人的一个小小的帮助，就能帮助他人渡过难关；一句关心的话，就会让人感觉到温暖。乔根善暗下决心：如果自己有了钱，一定要回报家乡，让父老乡亲感受到爱和温暖。

黄河赤子

第三章

寻求"夹缝"中的商机

喇嘛湾镇因镇政府驻地地处黄河河湾,康熙三十九年(1700年)当地建成一座喇嘛庙,后逐渐形成村落,故名喇嘛湾。1954年设喇嘛湾乡,1958年改为喇嘛湾公社,1984年改为喇嘛湾乡,1999年改为喇嘛湾镇。

一

喇嘛湾黄河公路大桥修成后,各种卡车、轿车、客车南来北往,川流不息,给黄河两岸的人民带来千载难逢的商机。他们抓住机遇,昔日"面朝黄土背朝天"的河路汉拿起方向盘,干起运输。到20世纪90年代,家家户户养着大卡车,以运煤为主。在这个不足1.2万人的乡镇,仅汽车就有1600多辆，小四轮、拖拉机200多辆，平均每户有一辆汽车。冬闲时，到黄河对岸准格尔煤田运煤卖炭，春夏秋季承包建筑工程。年收入在10万元的不下50家，过上了"人人有活干，户户有存款，天天过大年"的小康生活，成了内蒙古草原远近闻名的"汽车镇""亿元镇"。

时值国家推行促进个体、私营经济发展的政策，富有地区优势的企业如雨后春笋般发展起来。乔根善意识到这是创业的良好机遇，要抓住这个机遇大干一场，彻底摆脱贫困。雄心勃勃的他并不满足于"三十亩地一条牛，老婆娃娃热炕头"的生活现状，历经千辛万苦，执着寻求"夹缝"中的商机。

1995年8月，有一定资金积累的乔根善，响应喇嘛湾镇党委、政府关于大力发展民营经济的号召，把精力和资金重点转向修路和架桥行业。他自筹资金，在清水河县注册成立了清水河县黄河机械化运输有责任公司，增添了挖掘机、装载机等大型机械化设备，零星干点修路的活。

乔根善的公司就在马路边上，有人看见停在院子里的大型机械化设备，提醒他说："老乔，你买下一堆铁圪蛋有甚用？万一工程有闪失，你这几年辛辛苦苦养车挣下的钱可就全泡汤了。"

乔根善笑笑说："我想修路建桥呢，不添些大型机械设备，光靠人工干，给个大些的工程也拿不下来，干着急没办法。"

"你个土生土长的农村人，还想修路建桥，你真敢想。"

黄河赤子

"我是干不了，但我招聘了技术人员，他们能干。就从砂石路、土路、简易桥做起，怕什么？不断提高嘛。"

当时在喇嘛湾镇个人办厂的，乔根善还是第一人，因此在全镇引起了很大的反响。说起办厂，乔根善体会颇深地说："一个人办厂，不仅仅靠一种勇气和胆量，更要品尝许许多多别人难以体会的艰辛，经受一切困难和考验。"

乔根善意识到，企业要想做大，必须有一个强大的团队做支撑。他招聘了工程技术人员在内的30多名员工。

有了这些大型挖掘机、装载机，乔根善终于有了实战的机会。

当时，喇嘛湾镇成了汽车大镇，但是镇中的主干道，只有一条土路，全长约5千米，路面宽度为7米。由于该路年久失修，路面坑坑洼洼，车辆通过时尘土飞扬。每到下雨天泥泞不堪，真是晴天一身土，雨天一身泥。道路两旁不仅停满了机动车，还有流动摊贩占道经营，整条街的环境脏乱，秩序混乱，居民对修路的呼声一直很高。

喇嘛湾镇虽是运输大镇，但因财政比较困难，镇政府就道路改造问题向县里争取相关惠民政策，但改造何时进行，道路将改造成什么样，都是未知数。

喇嘛湾镇民营企业家王文平有一家物流公司。他知道情况后，捐了100万元作为修路的材料款。乔根善的公司义务承担了主干道改造工程。面对时间紧、任务重、资金压力大等困难，乔根善不等不靠，主动作为，抢抓有利天气，合理安排工期，严把安全关和质量关，尽可能地加快工程进度。2011年4月开工，国庆节前夕全部完工，道路投入使用。

两位民营企业家的倾情投入，将喇嘛湾镇的道路改造工程从土路升级为水泥路。这条宽敞的大道既结束了几百年来土路晴通雨阻的历史，也改善了镇容镇貌。

喇嘛湾人深知"要想富先修路"的道理，他们群策群力大修道路，村级道路得到极大的改善，实现了村村通汽车的愿望。这些相互交织的道路形成了沟通四面八方的交通网络，到这里开工厂、做生意的人越来越多，跑运输的、搞修理的、卖配件的、开饭馆的、办旅馆的一拥而入，这里成了远近闻名的运输大镇，营运车辆2000多辆，不断增加的人口为喇嘛湾的经济发展注入新的活力。

二

木工、司机、企业家，这是乔根善的人生轨迹，需要细心、耐心与一双锐眼。

乔根善除投身于修路事业，还涉足售煤、采石等行业。当年的失败者，终成创业成功的圆梦人。

喇嘛湾境内资源非常丰富，已经探明的矿藏就有十几个品种。沙子和石子是重要的建筑材料，除满足当地人建筑使用外，每天从这里运往各地的沙石不计其数。黏土是制砖的主要原料，这里的黏土品质极好，

黄河赤子

制成的砖标号很高，国家重点工程准格尔煤田所用之红砖很多是用这里的黏土烧成。石灰岩是烧制石灰和水泥的重要材料，这里的石灰岩遍地都是，20世纪70年代建成的水泥厂不仅满足了周边民众的建筑需要，而且还销往呼和浩特、包头及山西等地。

原有的清水河县交通建材有限公司的水泥厂，由于经营不善连年亏损，面临破产。2000年，乔根善听说这个事之后，花500万元将水泥厂买下。这个水泥厂年生产水泥约3万吨，主要用于修路建桥。2009年，乔根善响应国家淘汰落后产能的号召，关停拆除了这个水泥厂。

乔根善在挡阳桥闯汉沟建起石场和沥青搅拌站。沥青搅拌站是专门用来搅拌沥青熟料的，主要搅拌沥青、机制砂、碎石、河沙、聚酯纤维、钢纤维、木质纤维等原料组成的沥青稳定土，沥青稳定土一般用于路面的中上面层，以满足修路建桥的需要。

乔根善在村子里买了30亩地，建起一个储煤场。他又在一个大院里建了大食堂，供拉煤的司机们吃饭。他还安装了大磅，用于收购煤，然后卖给附近的砖厂。

2005年，喇嘛湾成立了呼和浩特市首家乡镇级商会。众多企业家认为乔根善具有这样的能力，一致推选他为首任会长。在市场经济环境下，企业更需要商会组织。单个企业在市场经济活动中一定会碰到许多干扰，比如用户与消费者、媒体、政府以及同行业的各种竞争者等。面对这样的现象，单个企业去应付，力量有限，只有形成一个行业组织，通过群体的力量，才能在这些问题出现的时候有一个应对的条件和平台，商会就是起到这样的作用。商会主席、副主席共同出资200多万元，建成了一座三层楼，用于办公。

喇嘛湾商会成立时，清水河县班子成员以及呼和浩特市工商联的领导都来参加，受到自治区工商联的肯定。

商会成立后，乔根善以他的人格魅力和企业经营理念，把喇嘛湾的民营企业家们凝聚起来。在他的积极组织和协调下，喇嘛湾的经济步入一个有序、互补、快速发展的快车道。

第四章

心有多大,天地就有多大

2000年,为把家乡建设得更美好,乔根善带着他的施工队伍进了清水河县城。他经历了多重痛苦,有肉体上的,也有精神上的,这种灵与肉的折磨,是一般民工所体验不到的。

一

进城伊始,乔根善在清水河县城关镇租了一个二层小楼,作为公司的办公场所。他准备在这里安营扎寨,带领施工队伍投身旧城改造的道路建设中。其实,打拼事业如同建一个码头。俗话说,只要有码头,总有船来靠。船再大,始终是漂泊的;码头再小,也是踏实的。

乔根善进城后就开始寻求合作,跑业务,做生意了。可他发现自己的根基太浅，做起来困难。俗话说，金桥银路。首先，修路不是一般的小工程。一要有资质；二要有足够的资金，前期投入大；三要有技术人员、管理人员和协调人员；四要有适用的装备；五要有合法的承包合同。

当时，清水河县交通局下设一个集体企业——汽车修理厂，经理姓张。后来，汽车修理厂发展成了一个有资质的修路建桥的建筑工程公司。因为是集体企业规模大，县里修路建桥大大小小的活，大多是这家企业在做。乔根善摸清情况，就去找张经理合作，干起了修路建桥的活。毕竟是从别人手里揽活干，要求没那么严格，但必须要有技术好的精干技工，必要的机械设备。乔根善学人治学治人，决定重新建立一支铁杆团队，大伙合力为公司的利益着想。

乔根善还在喇嘛湾的时候，有一次，想到县城找活干，就去找曹罡副县长。曹副县长早就听人说过乔根善是个好人。接触以后，曹副县长感觉他勤劳、直率、有担当，像个黄河人，十分看好他。

清水河县城关镇原来有个旧戏台，县里所有的活动都在这里举行，就是规模较小，周边环境差，破破烂烂的。2013年，旧城改造中，有人提议将旧戏台改造成体育场。可是清水河县是典型的国家级贫困县，其依山而建的旧城区面积仅为3.4平方千米，基础设施和人居环境都很差。虽然重启了停滞10年的旧城改造，但是新城"拖累"旧城，财力十分吃紧。于是，县政府决定组织机关干部义务劳动来完成体育场的建设。旧戏台前是一个半米多深的泥坑。但是，这是城关镇仅有的一块面积比较大、适合建体育场所之地。机关干部一边忙手中的工作，每天还去河槽拉石子、沙子，准备把这个泥坑填平。干了几天之后，曹副县长发现成效不大。他想，就靠机关干部这点劲儿，要建成体育场非等到猴年马月不可，不如让乔根善带着他的施工队伍来救救急。

曹副县长把乔根善叫到办公室说："年轻人，我知道你创业不容易，建体育场这个事儿你来干，为旧城改造尽点义务，也让大家了解你的能力，扩大一下你的影响力，有利于你以后在县城的发展。"

乔根善说："曹县长，你放心，我分文不取，保证把这项工程干好。"

第二天，乔根善就把自己的施工队拉过来，挖掘机、装载机等大型机械出动，有序开展体育场建设工程。自施工机械进驻，感人的场面接连不断。为保证施工质量和进度，施工队伍早出晚归。乔根善每天早上4点多钟就来到施工现场，天天像民工一样辛苦。清理淤泥时，他也站在泥坑里帮助清理，泥水四溅，一会儿就变成了"泥人"。

民工们说："乔总，这活又脏又累，还是我们这些受苦人干吧。"

乔根善说："我也是苦出身，在饥饿和苦难中长大，和你们一样吃苦耐劳。"他经常在工地操劳，民工们把他当成兄弟和朋友。

工程紧锣密鼓地进行着，拉沙石，铺水泥……仅用两个月的时间，20多亩大的场地全部用沙石料硬化了。这里建成了清水河县最大的文体娱乐活动场所，每年的文化活动都在这里举行。

乔根善没有收任何酬劳，这是他第一次为清水河县做的大型的、很有影响力的公益项目。看着昔日陷入泥坑的旧戏台,如今变成崭新的体育场,老百姓个个笑逐颜开,都说这钱没有白花。然而当他们知道,是乔根善义务修建的,深受感动,记住了在清水河有个叫乔根善的"大好人"。

清水河居民最早居住的是依山而筑的窑洞,排排窑洞在银滚山、金盖山下鳞次栉比。中华人民共和国成立后,随着人口的增加,居民逐渐将居住地扩大到平滩地上,可是居住环境和生活环境很不好。没有集中供暖,每到冬季,空气污染严重,也没有排污设施,生活垃圾都堆放在小巷道路旁。县城的主干道自西向东、自下而上贯穿全城,但这为数不多的主干道却非常狭窄。约8千米长的主街道不平整,有1/4仍是土路,街道排水能力很差,每遇降雨,洪水顺山而下,街道就变成排洪渠,不时危及临街居民生命、财产安全。瓦窑沟杨湾巷最为典型,天一下雨就发洪水,巷道泥泞,居民无法通行。乔根善知道后,就将施工队伍拉过来,将这条巷子的道路填平。从此,乔根善成了当地出名的人物。

二

历史的尘埃总把物质的东西无情地掩埋,而人类的先进文化和精神却光耀千秋。我们看一个企业贡献大小,不能单看它实现了多少利润,上缴了多少税金,还要看它吸纳了多少就业人口。

乔根善一直想着要负起更大的社会责任。有许多活都是尽义务,不

黄河赤子

挣一分钱，这种赔本买卖一般人不会做。但乔根善不这么认为。他记得《名贤集》里的第一句话："但行好事，莫问前程。"在做公益的过程中，他的队伍得到锻炼，为以后的修路建桥积累了丰富的经验，表现出可以"共患难"的可贵品质和能力。

进城后，乔根善才发现砂石路已经满足不了城乡需求，修柏油路需要大型的机械车辆。于是，他购进了大型车辆，但苦于没有停放场所。怎么办？他找到政府，说明了自己面临的困难。因他为城关镇做过许多公益，县里想帮助他，可是县里没有平整的场地，后来就将半崩村的一道坡梁批给了他。地界离县城不远，但是因为有一条很深的壕沟，一直荒废着。

乔根善发扬"愚公移山"的精神，动用自己的挖掘机、装载机等大型机械，用了半年时间，硬是将一条30多米深、近百米宽的壕沟填平。在这个场地上，他没有专门盖办公楼，而是建了厂大门，所有生产、生活设施以及办公室都用彩钢房。令乔根善欣慰的是，这个场地很大，他的那些宝贝"铁疙瘩"——挖掘机、装载机、洒水车、压路机等大型建筑机械，终于有了停放的地方。

2010年7月16日，乔根善注册成立了清水河县东华商砼有限公司，注册资本90万元，后增加注册资本1200万元。年生产能力为10万立方米商品混凝土，有员工250人。这片场地上又多了引人注目的6个标有"东华商砼"红色字样的高大水泥罐，尽管这些水泥罐给人的感觉像进入一个建筑工地，但他和员工们都把这里当成了家。

乔根善的办公场所由几间简易的彩钢房组成，外面是办公室，里面是卧室、卫生间、厨房和餐厅，所有生活设施均齐全。每年施工的时候，他就和老伴贾秀女吃住在这里，俨然将办公室当成自己的家。公司还建有员工食堂和宿舍，他们夫妻和员工吃着相同的饭菜。

贾秀女还在院子里开辟了一大片菜地，种上了各种蔬菜，并养了猪，让员工们都能吃上绿色食品。

张经理的公司破产后，乔根善带着施工队伍自己干，逐渐发展成为清水河县唯一一家具有修路建桥一级资质的工程建筑公司。不管赚钱多少，他都会严把工程质量和进度，在业界拥有很好的口碑。

清水河医院新大楼建在了一个通行不畅的地方。大楼建成后，周围没有管网和硬化，出行比较困难。来医院就医的人埋怨道："医院拆了重建，迁完以后街道不拓宽，进出这么困难，这叫什么改造！"医院周边道路的硬化迫在眉睫，可是工程款不知道哪天能批下来。乔根善看到后眉头紧锁，说："这是维系老百姓生命安全的大事，就是垫资我也要把这个活干好。"他带着施工队伍奋战了10多天，完成了医院周边的管网改造和硬化任务，老百姓连连称赞。

2011年，清水河东门桥到益民小区的一条5千米长的路，由乔根善的施工队伍来修。乔根善拿到设计图以后，就组织公司的技术人员进行核对，结果发现道路的汇合处高低差下1米。他们马上向设计单位反馈信息，及时做了修改，挽回了约2000万元的损失，乔根善就这样认真负责地做好每一项工程。

黄河赤子

2014年，旧城改造迫在眉睫，在县政府资金不足的情况下，乔根善垫资建设滨河南路、滨河北路和几座桥。他还投资承建了城关镇至老牛湾、城关镇至北堡和老牛坡的旅游道路。在他所承建的工程项目以及乡村道路改造中，政府苦于资金短缺立不了项的，他都自己垫资建设。

创业是每个年轻人都会有的想法，然而创业之路是一条充满艰辛的道路。打铁还需自身硬，创业也是如此。你拥有的相关知识要过硬，你才能立足这个行业。

乔根善认为，自己最大的特点就是埋头苦干，凡事量力而行。正是这种专注，让他从无到有、从小到大，从弱到强。他对自己坚持不懈的信念做了如下总结：

其一，诚实守信。赢得客户、合作伙伴和合伙人的信任。你不仅要尽自己所能做到，而且要让你周围的每个人都感染到这种热情。

其二，所有的员工都是合伙人。只有当员工把自己当作合伙人，他们才能创造出超乎想象的业绩。

其三，明确目标和方向。有了明确的目标和方向，企业才能快速发展，心往一处想，劲往一处使。

其四，坚持不懈，在坚持中学会变通。创业是一个慢慢探路的过程，走不通的路要给自己再修一条，只有这样才不会陷入绝境。

其五，感激员工为企业做的每一件事。简单朴素的信念很容易让人接受，然而真正的挑战在于，几十年如一日，于细微之处坚守和贯彻这些信念。做企业，最需要的就是这种始终如一的精神。

第五篇

乘风破浪会有时

雄关漫道真如铁,而今迈步从头越。

——毛泽东《忆秦娥·娄山关》

黄河赤子

改革开放后,一代又一代创业者,用他们的坚持不懈和艰苦奋斗,将一切不可能变成现实,不仅改变了自身的命运,也改变了整个国家的面貌。

每一个奋斗者都有各自不同的奋斗历程,但相似的是,大多数奋斗者都会历经磨难。喇嘛湾人多地少,跑河路是多数人祖祖辈辈的谋生手段。喇嘛湾黄河公路大桥修成后,乔根善率先买车跑运输,赚到第一桶金。之后,买车的人越来越多,搞起了运输。他抓住先机,组建了清水河县黄河机械化运输有限责任公司,投身路桥建设,在清水河县旧城改造中立下赫赫功劳。

乔根善是真正的草根创业者,生活的艰辛,让他立志有所作为;骨子里的冒险精神,让他勇于白手起家、百折不挠;数十年的磨炼,让他拥有企业家的使命和担当。历经重重困难,屡仆屡起,终成创业成功的圆梦人。

乔根善身上所展现出的创业精神,是中国人立志脱贫致富、追寻实现中国梦的缩影。

第一章

"铁军"是这样炼成的

乔根善带着自己的队伍进了县城之后,他心里很清楚:中国五千年文化底蕴里一直贯穿的仁义礼智信,是立身之本。要想在城里扎下根,就必须以礼待人,诚信做事。乔根善常说:"修路建桥本来就是做善事,不仅是我们的事,而且是全民的事,绝不能出现质量问题。你们的困难我负责解决,质量出现问题你们要负责。"他对工程一丝不苟,严格把关。工程施工按照设计方案实行责任制,出现一点问题都要过问,并且研究总结经验,始终把安全质量放在首位。

一

乔根善善抓机遇,从严治企。他对员工既要求严格,又关心到位。

黄河赤子

夏日炎炎,他头顶骄阳,为推进工程进度,在工地奔波解决大小问题;冬季上冻之前,他赶时间、赶任务,为把工作做实做细,他亲临指挥。甚至在医院的病床上也不忘过问工作中的事情。1999年后,公司发展到可建设高标准公路和大桥的水平。公司所负责的工程,在他苦干实干、一丝不苟精神的感召下,全体员工团结一心,奋力拼搏,在工程建设中从未发生过安全事故和质量问题,他的路桥工程也经得起历史的检验。经他手的乡村零星的道路建设、街巷改造建设,有个明显特征就是群众满意,口碑良好。

现在社会上体力劳动者一到40岁,因为体力不支、文化不高的原因,就被一些强体力劳动企业淘汰。乔根善决定在自己力所能及的范围内,承担应尽的社会责任。年轻民工要培训,40岁以上的民工更应该掌握一些技能,在他们的身体难以支撑重体力劳动的时候,还可以靠技术干一份工作,挣一份钱。他给民工们交"五险一金",解决民工技术骨干的后顾之忧,解决他们的生活问题。

乔根善的"铁军"声威在清水河叫响之后,好多技术含量高、施工期限紧的大项目纷至沓来。他考虑的最多的事情是:既然号称筑路"铁军",就必须有一支与之相匹配、相对稳定、能打硬仗、技术过硬的施工队伍。等有了工程再到社会上现抓,互相不托底,彼此不信任,遇到急难险重的任务,并不牢靠。可是用什么方法来培养一支能接受公司理念、体现公司意志、符合"铁军"要求,并能与公司同呼吸、共命运的民工队伍呢？无论在思想管理、生活管理还是工作管理上，都会遇到很多的困难，怎样把这支民工队伍带好，成了乔根善伤脑筋的事情。通过学习，乔根善明白，一个人、一个企业没有精神支柱不行，没有指导思想不行。用什么来团结教育这些良莠不齐的民工？靠哥们义气肯定不行，于是他制定了企业宗旨、经营理念和企业精神。

企业宗旨是"以人为本，共同富裕"。在他的公司干活的民工不仅能养家糊口，而且能富裕起来过小康日子。他是从艰难困苦中走过来的受苦人，对农民工兄弟饱含深情，这深情是受苦人对受苦人的同情、理解和包容。

经营理念是以质量求生存，以诚信赢天下。

企业精神是吃苦耐劳、严谨求实、团结拼搏、创业奉献。

清水河县东华商砼有限公司的员工一专多能，效率很高。同样规模的"商混站"需要30多名生产人员，清水河县东华商砼公司只需要15人。许多员工平时在"商混站"工作，需要修路建桥时，他们就去干工程。乔根善是一名老党员，打硬仗的时候，他要求党员冲在前面。乔根善说："因为你是党员，你就应当带头多干。"在红旗飘扬的施工现场，随处可以感受到员工之间的那种严谨求实、团结拼搏、创业奉献、激越高扬的干事热情和工作氛围。

乔根善就像一个不断进取、辛勤朴实的农民工，用心血和汗水一点点创造和积累财富。不同于其他农民工的是，他将财富取之于民，用之于民。

乔根善常常反思，犹如干过一番事业回头看，就像牛羊"反刍"一样，有利于活化和吸收，有利于事业前进。

在工地上，乔根善的管理是人性化的，处处闪烁着智慧的光芒。乔根善为公司的总经理，做事像下棋一样，会把后三步提前想清、谋到、看准。

古语说得好：打虎亲兄弟，上阵父子兵。就是到了虎口夺食、生死决战的关键时刻，仍然得靠这样的铁杆队伍。怎样才能形成这样的队伍呢？只能在施工过程中去发现，在打大仗中去培养，从正反两个方面去教育，还要有一种机制来激励和约束。他的队伍素质是比较高的，不是贫困地区的农民，就是企业的下岗工人或部队的复员军人。由于乔根善对员工关心，员工对他也相当负责。他们来自山区的田间地头，只知道埋头干活，不知道什么是偷懒。还有一些是下岗工人，他们品尝过失去工作的痛苦，知道珍惜机会，懂得只有好好干才不会失去工作。

怎么把他们培养成一支认可"东华商砼"理念和宗旨，心甘情愿跟着他长期干下去的队伍呢？乔根善冥思苦想。只有拥有这样一支队伍，"东华商砼"才是一座牢不可破的堡垒，谁也打不败！

二

乔根善找出一套适合民工特点的管理办法加以引导。公司成立以来，一直实行日工资制，无论干多干少、干得好坏，都是每天20元或30

元。这种分配形式严重地损害了民工的劳动积极性。在工地上，水管的水龙头开着，水流了一地，谁也知道这是一种浪费，却没人管；民工背的水泥袋子开口了，水泥哗哗往下撒，仍不管不顾，背到目的地时，一袋水泥剩下半袋。一个成熟的企业是不能容忍这种浪费现象的。乔根善通过学习决定实行劳动定额管理。建筑施工企业劳动定额管理在生产中起着十分重要的作用：一是体现按劳分配的衡量标准；二是管理组织生产的重要手段；三是提高劳动效率的重要途径。它不仅是衡量劳动者在生产中付出劳动量大小的尺度，也能充分调动劳动者的工作积极性。这样做的目的，就是要体现多劳多得，优质优价，充分调动民工的积极性。

实行劳动定额管理时，最累的是乔根善。他不喜欢待在办公室里，常去工地现场指挥。他看着民工们干活，听着机械马达响，心里就舒坦。他每天4点多起床，把工作安排得井井有条。

闲暇时，他就和民工们聊天。有一天，他对跟随他多年的王仝良说："从日工资制改为定额管理，你有什么看法？"

王仝良说："没事的时候，我也琢磨过。定额管理至少有4个好处。最大的好处是民工们干活的积极性高了。过去，下一点小雨，队长喊破嗓子也叫不出人来，出来也不好好干。现在，穿上雨衣也要干，因为干得多就挣得多嘛！我们把所有的活都细化、量化成具体指标，干甚多少钱，都在墙上贴着呢！他们一天干了多少活，这些活能挣多少钱，自己都能算出来。"

黄河赤子

乔根善说:"你观察得很细嘛。"

王仝良继续说:"这第二个好处是工程质量更有保障。过去是打混工,出了问题找不到责任人。现在哪个活是谁干的,都有记录,监理认为不合格,你就得返工,不光钱挣不到,工费的缺失你还得承担。所以,质量问题也不用紧跟在屁股后头监督啦!"

乔根善说:"只要质量有了保障,我们就不愁没活干了。"

王仝良继续说:"第三个好处是进度快。过去遇到工程突击时,咱们就得大干,领导得在现场坐镇指挥,现在不用了,对民工们来说,天天都在大干,自己就是指挥。这都是定额管理带来的好处。"

乔根善说:"没想到这定额管理,把施工队伍存在的诸多问题解决得这么好。"

王仝良继续说:"乔总,这第四个好处是民工们的收入高了。以前,从砂石场往搅拌机场转运砂石,一个蛇皮袋里装上三五锹砂石,双手一拎就走了。实行定额管理后,一个蛇皮袋装得满满的,往肩上一扛,一路小跑送到搅拌机旁。他们都清楚,多扛一袋就有多扛一袋的钱,多搬一块砖就是多搬一块的钱。"

乔根善说:"我不怕他们从我手里多拿钱,我还想让他们都成为有钱人呢。"

王仝良说:"乔总,你时时刻刻为民工们着想不容易!别的公司生怕民工们多拿钱,而你却希望他们挣得越多越好。这就是格局,这就是您的人格魅力。现在一提起乔总,咱们公司谁都伸大拇指。"

乔根善说:"我年轻时,带着一支'锹头队'四处找活干,是实打实的民工。民工们应该得到关爱,应该让他们得到更多的好处。定额管理是一种严格、理性的爱,在这种关爱下,民工们能得到更多的实惠。我和民工们的关系,就像黄河的水和船的关系,定额管理就是黄河中的水闸,控制得好,水越来越多,船越浮越高。"

三

乔根善为了打造队伍,除了贯彻落实定额管理之外,还采用另一个方法,就是推广股份制,让来公司时间长的、有技术特长的、做出突出贡献的员工持有"东华商砼"的股份,由员工变成主人。让员工持有企业的股份,这是当今先进的管理方法,敏锐果断的乔根善把这种方法移植到企业中来,让员工持股。企业是大家的,财富是大家的,这符合乔根善的财富观念。

乔根善这样做的目的,就是让员工们拥有股份,让他们受益,只有这样队伍才能稳定。每到年底,公司按股份分红,以此调动他们的劳动积极性。

给员工改善伙食,他们心舒气顺,身体结实,干劲就会更足,创造的价值会更大,企业发展更快,员工的收入也就更高。

一路上,火辣辣的太阳照射着大地,整个空间像一个大蒸笼似的,路面都被晒得黏糊糊的,脚上的鞋子仿佛被火烧着了似的,滚烫滚烫的。"砰——砰——"传来一阵响亮的敲打声,民工们头戴安全帽,手拿镐头,正在马路上刨路。黝黑的脸上豆大的汗珠像断了线的珠子,顺着那结实的身体滴落下来。有个行人走过来问:"天这么热,你们还在干活?"有个民工缓慢地抬起头,挺直那"受委屈"的腰,指了指地面,微笑着说:"这一段路,路面下陷了,再加上破损严重,汽车一过,就尘土飞扬,给行人带来许多不便,我们要把这些路面刨开,重新整修一遍。"

"你们当初修这条路的时候,为什么不修得好一些?"

"这路可不是我们修的!"

"不是你们的活,为啥你们来补呢?"

"我们乔总说了,修桥补路干的是良心活,与人方便嘛!"

"你们路桥人,真的不简单!"

乔根善深知,企业要始终保持旺盛活力,做到长盛不衰就必须以人为本。从乔根善顺应时代潮流开公司那天起,就有几十名员工铁了心跟着他干。他没拖欠过员工一分钱,员工把他当作衣食父母,从来没有想过离开他。通过乔根善的人格魅力,通过他的劳动定额管理和让员工持有股份等一系列强有力的制度和措施,一支少而精的"铁军"就打造出来了。这支"铁军"指到哪里打到哪里,召之即来,来之能战,战之能胜。

第二章

风雨同舟兄弟情

让自己富裕是本事,让一个群体富裕是德行,乔根善作为一个企业家,正是具有令一个群体富裕的大德之人。他最大的成功,不是说把企业规模做到多大,而是帮助民工实现了3个跨越:走向富裕,增长才干,实现梦想。

一

王全良的故事,要从他年轻时的经历说起。在历史的洪流中,王全良就像一粒沙子,被风浪裹挟着,想要挣脱,又无可奈何。

下岗,是20世纪90年代的一件大事,也是改变王全良命运的大事。1989年,18岁的王全良接替父亲进了清水河县农机厂当了工人。农机厂

黄河赤子

虽然工资不高，但福利好。可是青年时代就遭遇下岗，这是王全良做梦也想不到的。1995年，农机厂改制，24岁的王全良黯然离开工作6年多的单位。那段"以厂为家"的回忆成为他永远的记忆。在"统包统配"的劳动就业制度下，国有企业承担了过多的安置就业任务，结果造成冗员充斥、人浮于事、效率低下的局面。面对激烈的市场竞争，企业要想生存和发展，就必须改制。

王全良下岗，妻子没有工作，刚1岁多的儿子嗷嗷待哺。一家人失去了经济来源，生活变得困难。出门穿得像样点的裤子，全家只有一条，谁出去谁穿。他上有老下有小，正是需要钱的时候，失去了工作，压力像一座山压了下来，令他喘不过气来。靠什么活下去呢？在那段"黑暗"的日子里，生活让王全良找不到出路，甚至死的心都有过。人下岗，可生活不能下岗。父母要赡养，儿子要抚养。他四处奔波，但一直没有找到合适的工作。

20世纪90年代是改革开放后的黄金时代。大批国有企业改制，私营企业逐渐崛起。当时流行开矿、挖煤、跑外贸、搞房地产、开办工厂等，很多传统企业开始转型，步入新领域。乔根善也是在那个年代开创新事业的。

经人介绍，王全良来到喇嘛湾乔根善的公司应聘。听王全良讲完自己的遭遇，乔根善的眼睛有些湿润。他有过苦难的童年和坎坷的经历，懂得底层人民的艰辛。

乔根善动情地问："兄弟，来我这里干，你有什么条件吗？"

王仝良说:"我下岗了,老婆没工作,孩子还小。我现在要求不高,能实实在在给家里挣点钱,能有钱买米买油,粗茶淡饭饿不死,就行了。"

乔根善说:"来我这里干,我有几个要求,不准酗酒,不准赌博,品行要端正,不能做违法乱纪的事情。"

王仝良说:"我都能做到!我是个懂得感恩的人,我会把工作当成自己家的事情干好。我去了好几家公司应聘,他们说得最多的话是'一个月400元,你干不干?你不干,有的是人干。'我算了一笔账,采暖费、水电费、子女教育费……就这个工资,谁都没法干。"

乔根善说:"只要你好好干,干得出色,我不会亏待你的。"

王仝良说:"我遇到好人了,谢谢你能要我。"

乔根善是一个重情义的人。他看不惯有些人飞扬跋扈,但又不擅长表述,不会把友情、忠诚等词句经常挂在嘴上,只会憨厚地微笑着说:"人行江湖,无兄弟之情、朋友之义,怎可闯荡?"

长久以来,王仝良饱受轻蔑,只要别人对他有一点好,他都会默不作声地长久记在心上,不声不响地奉献。王仝良把公司当成自己的家,这一干就是26年。乔根善把他当成家人,当成兄弟,不仅工资待遇好,五险一金都给交。满意的工作,幸福的生活,和睦的家庭,一切都让王仝良对未来充满希望。

多年以后,王仝良翻出那本发黄的下岗证,看看镜中衰老的容颜,回首曾经逝去的年华,没了当初的焦躁,多了份经风历雨后的沉着。

黄河赤子

二

有人说，离天最近的是农民，离地最近的也是农民。在天地之间，唯有农民最了解泥土的肥沃与贫瘠，最了解庄稼的芳香与饱满，最了解收获的喜悦与兴奋。没有农民耕种的土地必定荒芜，没有土地耕种的农民只能流浪。

苏云才，生于暖泉乡。他的内心深处充满着火热的激情。他18岁入伍，21岁入党，退伍回来后在家乡务农。但他不甘心像父辈一样，面朝黄土背朝天，日出而作，日落而息，从土里刨食，向土地要粮食。他向往丰衣足食的小康生活，向往外面五彩缤纷的世界。

当时，改革开放使中国社会出现生机勃勃的新气象，进入改天换地的转型期。伴随着城市化建设的发展，许多城市涌现出大规模的"民工潮"。苏云才涌入这股潮流，成了农民工队伍中的一员。

民工潮，像非洲原野上迁徙的角马群一样，东奔西涌。角马是从干旱的地方涌向绿洲，民工是从贫瘠的乡村涌向繁华的城市。他们是城市雇佣劳动者，他们是工作条件最差、生活环境最苦、收入最低的群体。

苏云才在城市里打工，什么活都干过，什么苦都吃过，就是赚不到多少钱。眼看到了结婚的年纪，但家里穷，给他娶不起媳妇。

2003年，苏云才来到乔根善的公司应聘。因他在部队当过炊事员，又是共产党员，乔根善对他寄予厚望。起初，乔根善让他在公司管伙食当炊事员。他饭做得好,人也很勤奋,积极上进。他虽然踏实肯干,但乔根善却为他的前途考虑。

有一天,乔根善和苏云才进行了一次谈话。

乔根善问道:"小苏,你对未来有什么打算?"

苏云才说:"乔总,你对我这么好,我每天把饭做好,让您和工人们吃好,我就挺高兴的。"

乔根善说:"你还这么年轻,不能天天围着锅台转。我想送你去学点技术。你喜欢做什么?"

苏云才说:"我除了做饭,别的恐怕学不好。"

乔根善说:"你去学习重型车的驾驶和修理技术,将来成为公司的技术人才。"

经过几个月的培训,苏云才学会了挖掘机、装载机、压路机等多种重型机械的驾驶技术和修理技术,投身到乔根善的工程项目中,成为公司难得的技术人才。

苏云才学成归来,乔根善又对他说:"小苏,你是27岁的小伙子了,该给你张罗个媳妇了。"

苏云才说:"我家兄弟姐妹十人,我排行老八,家里生活特别困难,我娶不起媳妇。"

在乔根善的帮助下,苏云才娶回个贵州媳妇,小日子过得不错。有一年,媳妇要回娘家,让苏云才陪着回娘家,可是他有工作走不开。让媳妇自己回,又担心她不回来。

苏云才去办公室找乔根善，把自己的担忧说了。

乔根善把苏云才媳妇请到办公室，说："小苏有工作没干完，请不成假。我给你拿5000元的路费，你先回去，等他忙完了再去接你回来。"

苏云才媳妇高高兴兴地回娘家了，走了2个月，苏云才也没有时间去接她回来，结果过完年，媳妇自己回来了。

每当想起这件事，苏云才就会说："我现在也是有家有房有车的人了，我父亲没帮我做到，乔总帮我做到了。"

苏云才常对人说："我父亲去世早，我书念得少，说不出有文采的话，我只觉得在乔总这儿爱最多，民工得到的实惠最多。"

苏云才在公司挣上了钱，过上了安稳富裕的日子，他对乔根善的感恩之情越来越深。

三

乔根善对员工的关爱像种子一样撒进土地，慢慢生根发芽，长出一片葱茏。乔根善以他的人格魅力吸引着各类人才，他们心甘情愿地加入到乔根善的队伍中，到这里来实现自己的人生价值，到这里来成就一番事业。

2012年，乔根善给像王仝良、苏云才这样资历老、干得出色的20多名员工，在清水河县城飞翔小区和宜民小区买了房子。100平方米左右的房子，每个员工只掏10万元，剩下的钱公司补贴，解决了他们的后顾之忧。现在，公司大多数员工的住房都是乔根善通过购买或补偿低价供给员工的。有的员工刚来公司，还没怎么干活，就分得一套楼房。他们深感乔根善对他们的好，所以人人干活十分卖力。员工们都上有老下有小，家里有什么困难，乔根善都主动给予帮助，把员工当作子女一样去关心。

乔根善对员工的管理是恩威并施、奖罚分明。有的员工跟了他20多年，除了每月开的工资，他还按照贡献大小给他们入股，年底参与分红。跟他多年的员工都挣钱了，不仅有房、有车，还有了存款。员工们对他非常尊敬，同时也十分敬畏。

有的员工是乔根善给张罗成的家。员工王军，是一个27岁的大龄青年，乔根善不仅给他说媳妇、娶媳妇，还在员工食堂为他举办了婚礼。

有的员工生病或急需用钱，乔根善都给予帮助。员工张志明得了白血病。住院治疗期间，他每探望一次，就给留下1万元现金。张志明去世后，乔根善还出钱为他办丧事，先后为他花了30多万元。

乔根善正直善良，从不亏待受苦人，对待员工像对待家人一样。修路时，雇用大批民工，乔根善按时发放工资，从不拖欠他们一分钱。年底，工程款下不来，他说："这些民工家里就等工钱过年呢，我就是贷款也要发工资，我不能让他们失望。"

乔根善是这么说的，也是这么做的。有一年，一位民工有100元工钱没来领。为了年前把这个钱送到他手上。乔根善开上车，四处寻找，最后来回花了3000多元，终于找到了他。

那个民工说："100块钱，我不去领，是不要了。"

乔根善说："你也是受苦人，这是你的劳动所得，不要不行，我给你送来了。"

那个民工说："我们干完活，有的老板欠下钱要也要不回来，你是把钱往家送，你真是个大好人。"

乔根善说："生意人，讲的是诚实守信。"

有时候，公司临时雇车帮忙拉货，货还没卸完，乔根善就叫人把公司的大门关上，让对方把账结算完再走。

有的司机说："我们又不急着向你要钱。"

乔根善说："我着急把钱给你了。你走了，不来领钱，我还得派车派人找你了。"

司机说："你这样的好人真是少见。"

平日里，乔根善不仅和民工们一样吃苦卖力，还在不忙的时候进伙房，亲口尝尝饭菜好不好。他说："一定要把伙食搞好，油水要大，肉要多，搭配营养，让民工们吃好。"

每当民工家人打电话问起他们的生活状况时，他们就会说："工地上的伙食很好，住宿条件也很好，住的是活动板房，被褥很干净，每天还能洗澡。"

家人说："你们老板人真好！"

有一天，乔根善看到一个小伙子穿的衣服不太整洁，就拍着他的肩膀说："别人看不起农民工，咱们没办法，咱们要自己看得起自己。以后，衣服穿得干净点儿，走起路来精神点儿，干起活来利索点儿，好好做人！"小伙子不住地点头，年岁大点的人听了，触动了心里的痛处，流下两行泪。

2020年，公司招了个新员工，刚工作几天就出了事，打电话向乔根善求救："乔总，法院要抓我呢。"

"你做甚事了？为啥要抓你？"

"我以前养大车，欠了别人3万元钱，没钱还。债主去法院起诉了，法院让我还钱，我拿不出钱来，要强制执行呢。"

"你把电话给法院的同志。"

"这个人是我的员工，钱我替他还，你现在就放了他，让他回公司找我拿钱吧。"

那人还了钱才免于处罚。他对乔根善在危难时刻出手相救，十分感激，一直兢兢业业地在公司当司机。

乔根善把员工当亲人。他常劝诫员工们不能做违法的事，要见义勇为，多做善事。员工们都很自律。

有一年，春节联欢晚会上唱起了《农民工之歌》，那首歌唱响之前，它的旋律和韵味已经在"东华商砼"的民工们身上体现了。他们有创业的基地，平坦宽阔的院子，洁白的活动板房，宽敞明亮的办公室，整洁的宿舍，飘散着饭菜香味的食堂。不管是从哪里来的民工，也不管什么时候来的，只要一踏进这个院落，就享受公司免费提供的崭新的被褥。他们休息够了，精神养足了，再到工地上干活。这里没有歧视，更没有拖欠工资的事情发生，这里能圆每一个民工勤劳致富的梦想。

一位民工拿着一沓钱，一张一张地点着，点完说："乔总，这工钱怎么还多出40多元？"

乔根善说："给你发的整数，零头就不用找了。"

民工说："乔总，你为人实在，明年我还来干，就这么说定了。"

一个工头说："乔总，明年我多带几个兄弟来干活，你收不收？"

乔根善说："来吧！只要你们好好干活，没问题的。"

苏云才在外打工多年，有很多的艰难经历和感慨："我外出打工五六年，受过累、吃过苦、上过当、受过骗。无论怎么吃苦受累，只能挣个吃饭穿衣的钱。到了乔总这就不一样啦，几年下来真富起来了，日子过得可舒心啦。我走南闯北，可在哪儿都没有见过'东华商砼'这样的企业，也没见过像乔总这样对民工更好的老板，我是交上好运了。"

在乔总这里工作的人，不止苏云才一个人这么幸运。一个让大家伙都感觉到幸运的人，他的内心深处一定是很甜美、很幸福的。

第三章

逢山开路，遇水架桥

"山高石头多，出门就爬坡。村子里走不开小轿车，不是人背就是驴驮。"这就是清水河昔日行路难的真实写照。恶劣的自然条件让乔根善这样土生土长的大山里的孩子吃尽了苦头。为了改变家乡灰头土脸的面貌，乔根善带领他的"铁军"，逢山开路，遇水架桥，陆续修通许多县路和村道，一直把路修到百姓的家门口。他以企业家的身份和能量，沟通着人与人之间大爱的路和桥。

一

清水河县原属乌兰察布盟。1995年，内蒙古自治区考虑到乌兰察布盟下辖的贫困县较多，便将3个国家级贫困县武川县、和林格尔县与清

黄河赤子

水河县划归呼和浩特市。于是，努力摆脱贫困也就成了呼和浩特市领导对当地干部的要求。

清水河县城关镇是一座具有400多年历史的古城镇。这里风景秀丽、景色怡人，曾经发生和流传着许多唯美的故事。然而，旧城区破败不堪，还流传着这样的民谣："垃圾靠风刮，污水靠蒸发。"这句民谣形象地展现了旧城区的现状。从2009年起，城关镇按照"强化基础、完善功能、提升品质、彰显特色、注重人文"和"小而美、小而特、小而强"的思路，全面推进旧城区改造。在城市华丽蜕变的背后，乔根善功不可没。

乔根善带着队伍进城，一是为自己的企业寻找发展之路；二是对家乡这座山城有一种依恋情结，哪怕是一条普通的大街小巷，他都感觉十分亲切。

进城后，乔根善承建的第一座桥是金都大桥，是一座石拱桥。从那以后，他不停地奔跑。

乔根善记得承建难度最大的桥是宏河大桥。民工驻地在人烟稀少的荒郊野外。远远望去，高高的门楼上标识明显，彩旗飘扬，那是乔根善的队伍在施工。从大门进来，是一排排蓝白相间的活动板房。走进民工宿舍，全是统一的铁床，统一的被褥，被子叠得整整齐齐，屋子打扫得干干净净。

酷暑中的奋战、严寒中的坚守，路桥人默默地战斗在施工第一线。为了彩虹飞架，他们宁愿在荒山野岭里忍受风吹雨打，忍受离别亲人的苦楚，却始终以饱满的热情奋战在工地上。他们完成一项工程就马不停蹄地赶往下一个工程，以工地为家，在无路的荒原上筑出平坦的大道，在奔流的长河上架起雄伟壮丽的桥梁。

乔根善为公司配备了完备的筑路建桥设备，有装载机、挖掘机、搅拌机、发电机……后来的几年发展得更快，每年的施工队伍都有100多人，工程量逐年增加。

乔根善拿到的建设项目，很多是预算压到最低的项目，甚至有的还得自己垫资建设。但他都会把工程做好，从不拖延一天工期。由于他的工程质量好、信誉也好，所以承建的工程项目越来越多。

跨度最大的桥是车站大桥。搭起帐篷，吃住在工地，修了2年才完工。

只要是在施工期间，乔根善不管睡得多晚，第二天凌晨4点总能醒来。他起床后，顾不上洗脸刷牙，就开上车往工地跑。乔根善和民工们每天起早贪黑地干，工期紧张的时候还会挑灯夜战。企业上下从民工、技术人员到乔根善人人如此。乔根善就是一个严肃认真、吃苦耐劳、雷厉风行的"工作狂"。

乔根善是一个非常重感情的人。每当看到民工们劳动，他总能想起自己的青春岁月。

有一天，乔根善看见几个年轻民工坐下来休息，就走过去和他们聊天。他随口问道："你们年轻人对未来有什么打算？"

有个年轻人说："没什么打算。每天有活干、有钱挣就挺开心的。"

黄河赤子

这句话把他带回了年轻时带着"锹头队"在路边等活时的情景。乔根善想了一会儿，说："我给你们讲个小故事吧。有3个人正在砌一堵墙。有个人走过来问：'你们在做什么？'第一个人没好气地说：'没看见吗？我们在砌一堵墙。'第二个人抬起头，笑了笑说：'我们在盖一幢大楼。'第三个人边干活边哼着歌，他很灿烂、很开心，说：'我们在建一座新城市。'你们能想到这3个人的未来是什么样的吗？"

一个年轻人说："同是打工仔，能有什么发展？还不是搬砖砌墙。"

乔根善说："10年之后，第一个人在另一个工地上砌墙，第二个人成了一名工程师，每天都在画图纸，第三个人成了前两个人的老板。这个耐人寻味的故事，晚上你们睡不着觉的时候，躺在床上好好想想。"

几个年轻人低下头，话都没有说，他们已经开始思考了。

乔根善又说："我这辈子最看不起的是两种人，一种是光说不干的人，这种人很难成功；一种是言行不一的人，这种人不可靠。你们不要成为这两种人，更不要把自己的青春岁月虚度了，人一定要有梦想和追求！"

乔根善就是一个善于从自己身上找原因的人，也是一个给人以力量和温暖的人。"路漫漫其修远兮，吾将上下而求索。"这是诗人屈原对人生道路的诠释，也是乔根善这个修路建桥者不懈的追求。逢山开路、遇水架桥，一段路、一座桥或许只是过往行人的一处风景，却是乔根善人生旅途中一段抹不掉的记忆。

二

2004年春天,清水河县准备在大沙坪西、托克托县电厂东10千米处修一条通往高载能工业园区的道路,清水河县委将修路的任务交给乔根善的公司来完成。

开工前,乔根善和高载能工业园区办公室负责人王雄商量,一同去勘查一下现场。

一天早晨,他们驱车来到准备修路的地方。从车上下来,乔根善抬头望望,太阳在灰黄的天空中挣扎着,旋成一个忽强忽弱的亮点。

乔根善说:"要刮沙尘暴了!"

只见西面的天上,已灰蒙蒙一片压过来,风呼呼地刮起来,卷起一层厚厚的沙子,在风中漫天飞舞。不远处一棵高大挺拔的杨树,在风中摇摆着,沙沙作响。空气中弥漫着刺鼻的土腥气,眼前一片灰黄。

入春后第一场沙尘暴与他们狭路相逢了。

王雄说:"乔总,我们还是回车上避避风,等风小点再下来吧。"

乔根善向后面车上下来的人喊道:"风太大了,你们先上车避避,一会儿再干活。"

乔根善和王雄回到车上。

王雄说:"乔总你看,这里就是个沙坑,我感觉这路不好修。"

乔根善望着在风中剧烈摇摆的大杨树,说:"但愿那棵大树,不在我们要修的路上。"

王雄说:"不就一棵树吗?地也征了,如果它碍事,砍了不就行了。"

乔根善说:"在这片黄土高坡上,长一棵树多不容易,看它至少也有30年的树龄,砍了多可惜。你知道,为什么一到春天就刮沙尘暴吗?"

王雄说:"沙尘暴的发生是有一定条件的。它是大风与沙漠、沙漠化的土地及松散地表沉积物作用的产物。风是产生沙尘暴的动力,毫无遮掩的松土是产生沙尘暴的基础。因此,每当春季强冷空气南下的时候,就很容易产生沙尘暴天气。"

乔根善说:"你说的没错。还有一个重要条件,一些地区资源利用过度,导致环境急剧恶化、土壤沙化、水土流失严重。黄沙的步步紧逼,严重威胁着人类的生存。沙尘暴就是给我们敲响的警钟,不能再乱砍、乱挖、乱采、乱开荒了。"

王雄说:"乔总,你的生态保护意识值得我们好好学习。"

乔根善说:"这还是我年轻的时候,在牧民家里打家具的那段经历带来的启发,他们的环境保护意识很超前的。"

王雄说:"乔总,听说你还会说蒙古语?"

乔根善说:"会一些日常用语,每天对着那些不会说话的木头,不能和牧民通过语言交流是十分痛苦的事儿。"

…………

沙尘暴渐渐过去了，勘查工作开始了。在乔根善的授意下，避开了那棵大杨树，工程费用有所增加。

正如王雄所预见的，这条路不好修。周围十分荒凉，没有人烟。狂风突起，对面看不到人，自然环境十分恶劣，这条路要按城市道路设计建造，运料、施工是大问题。

在施工过程中，乔根善为了解决工人的住宿问题，调来一辆"闷罐车"。这种车进去后，感觉和列车的卧铺车厢一样，整齐的上下铺，可供10多名民工休息，车上还配有炉灶可以做饭。在荒郊野外施工，这种车灵活方便，可以随着工程进度随时开进，比活动板房更实用。

工人们的住宿解决了，可是工业园区派来的几个人没有地方待，王雄去找乔根善帮助解决。

乔根善说："这事儿，你不用愁，我来想办法解决。"

乔根善亲自去了几个工地，经过协商，又调来了一辆"闷罐车"，供工业园区的人使用。

乔根善说："这里离县城远，买菜做饭也不方便，你们几个人的伙食我全包了。我们吃什么，你们就吃什么。"

王雄说："社会上流传着一句话，有困难找老乔。没想到我找你，不仅解决了工作上的问题，还解决了食宿问题！"

乔根善真诚地说："你不用客气，都是为了早日把路修好。"

在施工过程中，王雄积极配合，对乔根善的工作也有很大的帮助。

有一次，工程队急需电源。王雄发现不远处有个废弃的砖厂，经过协调，顺利解决了就地取电的问题。

在3个多月的施工中，王雄亲身感受到乔根善对他人的关心和爱护。工地附近没有可饮用的水，乔根善每天都派人从喇嘛湾镇运来。他不仅运水，还送肉、送蔬菜、送白面和大米，保证施工人员吃好、营养跟得上。

王雄说："乔总，以前总听人说起，你特别关心你的农民工兄弟，这次我是亲眼所见、亲身感受到了。"

乔根善说："他们干的都是体力活，要吃好、喝好、休息好，身体才好，身体健康是第一位的。"

路终于修好了。这条路的使用寿命是按10年修建的。从2004年8月开始通车，直到2020年才重新修复，用了整整16年。

乔根善修的每一条路，不论是乡村道路还是城市道路、旅游线路，都是良心路，从来不偷工减料、以次充好，都会保质保量保工期完成。

乔根善还有个特点，他在哪里修路，就把帮扶工作做到哪里。他因修路看见村子里的路不好走，就主动把路修好。

乔根善的队伍不仅路修得好，还经常为村民做好事。别人修路，从村道上经过，经常会遇到村民拦路的事情，但只要是乔根善的队伍，从来没有人拦，修路都会畅通无阻。

三

乔根善的公司具有公路工程施工总承包企业一级资质标准。这包含着他从肩扛手提到施工的机械化、标准化和专业化。为了心中的那条路、那座桥，乔根善勇敢追求，不懈努力。公司有着共同的目标，"以人为本，共同富裕"。大多数人是最平凡的工作者，没有惊人的业绩，没有耀眼的光环。有人问："一滴水怎样才能不干涸？"一位哲学家回答："把它放到大海里去。"这段简单的对话，蕴含着深刻的道理，每个敬业的平凡人团结起来注定不平凡。

员工们都说，乔根善先后两次患癌症，是过度劳累引起的。他的生活常年不规律，无论是修路建桥还是揽工程，总是和民工们在一起。

有几次架桥是在冬天。工地上特别寒冷，有人被冻得尿裤子了。乔根善穿着大衣，戴着皮帽子，和民工们一块上了工地。工地上挑灯夜战，乔根善还在上上下下指挥着。距离远，灯光暗，又有皮帽子捂着，工地上的一个领工的没有认出他来，嫌他手脚慢，对他又喊又叫："哎，你手脚麻利点儿。能干不能干，不行，就回家去享轻闲。"

等他认出乔根善时，赶紧道歉："乔总，实在对不起，我把你当成民工了。"

乔根善说："没什么，都是为了工程进度，我本来就是农民工出身，别往心里去，干活要紧。"

黄河赤子

在工地上，水泥供不上，他去搬水泥。他拿出当年带"锹头队"盖家属房的劲头，50千克的水泥，两个胳膊一边夹一袋，一趟顶两趟。半天干下来，乔根善和民工们一样，只剩下眼珠是黑的，牙齿是白的，其余地方全是水泥灰。那时，找他时认错人是常事。

几个月过去了，工程也进入尾声。

工程款是乔根善垫资的，民工们的工钱还没有着落。为了不失信于民，年底，他去找银行贷款，找朋友借钱，想方设法发工钱。民工们和乔根善朝夕相处，都知道他的难处，就说："乔总，你手头也不宽裕，工钱先欠着，等你有了钱再给我们。"

乔根善说："你们的好意我心领了！可是你们也是上有老下有小，一大家子人，就等这点儿钱过年呢。我再苦再难也不能拖欠你们的工钱。"

一天晚上，乔根善在公司的食堂里举行了"庆功宴"。乔根善平常不喝酒，那天，满满一大碗酒，一口气就喝下去了。他的农民工兄弟们也都喝下去了，包括有些滴酒不沾的人。

喝下酒的一瞬间，乔根善这个坚强如铁的黄河汉子流下了眼泪。民工们知道，乔总喝到肚子里的是酒，落在地上的是泪，是战胜艰难险阻后胜利的泪水。

乔根善说："回头看看，我这一路走来，没有白费。我办事认真，确定了目标就追求到底，没在工作上闹出什么事故。我对得起做过的事，对得起相处过的人，我能做到这两点，这几十年也算没有什么遗憾了,也就甘心了。"

贫苦的生活环境,铸就了他吃苦耐劳、勤俭节约、开拓进取、勇往直前的道德情操。透过他半个多世纪的奋斗历程不难发现,他的身上有一种情怀——靠实干的业绩,用拼搏赢得市场,做无愧于新时代的企业家。

2016年,乔根善注册成立了内蒙古东鑫建设工程有限公司,如今已发展成为拥有员工80多名、固定资产5000多万元的企业。

要想富先修路,乔根善立足家乡,带领他的"铁军"战斗在多少个不眠的日日夜夜,在轰轰隆隆的机鸣下,用他们编织的网紧紧地将各个乡村连在一起。他的公司先后建成了清水河县喇嘛湾二级公路、滨河南路、滨河北路、滨河大桥,喇嘛湾至恒诺物流园区道路,清水河至老牛湾、老牛坡旅游公路。累计工程总价1.6亿元,累计上缴税款940多万元。据不完全统计,他累计修建城镇乡村道路600多千米,建设大型桥梁24座。

桥,连通着清水河与外界城市,也为越来越多的人带来脱贫致富的机遇。路,已经不再是阻碍山区发展的绊脚石。伴随着条条大道的开通,老牛湾、老牛坡、口子上长城、石峡口、贾浪沟……已被打造成一张张旅游名片。每逢节假日,那些从四面八方赶来的人们,观美景、吃美食,还要买上几箱小香米、山楂片等土特产,使清水河的名声远播。

有梦的地方就有路,有路的地方就有路桥人留下的足迹;有水的地方就有桥,有桥的地方就有修桥者洒下的汗水。在路与路相通、桥与桥

黄河赤子

相连的地方是修路建桥人梦想的天堂。"东华商砼"修的路有两条,一条是有形的,即富国利民的物质之路;另一条是无形的,即体现黄河文化的精神之路。乔根善的路修到哪里,助人为乐、扶贫济困的好事就做到哪里。

第四章

向死而生

　　人生有一种活法，叫作向死而生。海德格尔在《存在与时间》中，对"向死而生"做的诠释是：死和亡是两种不同的存在概念。死，可以指一个过程，就好比人从一出生就在走向死的边缘，我们过的每一年、每一天、每一小时，甚至每一分钟，都是走向死的过程，在这个意义上人的存在就是向死的过程。而亡，指的是亡故，是一个人生理意义上真正的消亡，是一个人走向死的过程的结束。

　　乔根善战胜癌症、重获新生后，问了自己一个问题：如果我因病而亡，我的人生会不会感到后悔？他进行了深刻的反思：死对他来说并不可怕，可怕的是梦想被现实磨平，可怕的是一生碌碌无为，可怕的是活着和死没有什么两样。他认为，生前所做的事情，能让自己在死时不觉得后悔，那便叫作"向死而生"。

黄河赤子

一

2013年，在不经意间，乔根善经历了人生第一场生死的考验。3月的一天，乔根善听说女婿的姐夫得了食道癌，在北京住院，就带着他的朋友郭飞和康飞前去探望。这人啊！吃了这么多年五谷杂粮，哪有不得病的。

平时，乔根善最不愿意去的地方就是医院，这一场病下来，钱不少花，罪不少受，能不能回家还不一定呢。

走进病房，他看见病人躺在床上，大脑清醒，却不能说话，无奈地望着天花板。听病人的爱人讲，住进医院也有些时日了，钱没少花，还没有多少效果，每天靠呼吸机维持着。乔根善感叹起生命的脆弱，人一旦进了医院，这钱就不是钱了，无论平时省吃俭用，还是拼命赚钱，可是被绑架在床上的时候，唯一的希望就是重新能站起来，可这又是多么不容易的事啊！

乔根善把装着钱的信封放下，对床上的病人说："听说你病了，可把我急坏了，生病不可怕，只要信念在，康复不是梦！希望你早日恢复健康！"

他们从病房出来，站在走廊里。康飞说："乔叔，我们听说医院里有个高级仪器，很多病都能查出来，你也做一个，检查检查。"

乔根善说："就我这体格，踢踢腿，招招手，疾病全被吓跑了。我啥毛病也没有,检查个甚?"

郭飞说:"做一次就1.6万元,真够贵的!叔,你是不是怕花钱呢?"

劝将不如激将,经他这么一激,乔根善说:"我现在穷的要甚没甚,还怕花钱了?查就查,咱们一起查。"

他们一起做了检查。结果,郭飞、康飞没有毛病,唯独让乔根善去二楼的耳鼻喉科继续检查。

医生检查完,说:"你的鼻子里有点小毛病,下午检查结果出来后,你拿上过来,我再给你分析分析。"

乔根善说:"我的鼻子不会有问题的。"

下午,他们来到医院。乔根善没下车,说:"你们俩进去,把结果拿上,我们去机场,坐飞机回去。"

郭飞、康飞进去好久还没出来。他们拿上结果后,给乔东打电话,说:"乔总的鼻子检查出毛病了,情况不好。他坐在车上不进来,咋办呀?"

乔东说:"他不进去,那就先回来吧。"

他们坐飞机到了呼和浩特市,乔东接上父亲,说:"大,今天先不要回清水河了,明天我们再去内蒙古医院看看到底有没有病。"

乔根善说:"行呢。"

第二天,乔东带着父亲先后去内蒙古自治区人民医院和呼和浩特市铁路中心医院的耳鼻喉科做了活检,结果下个星期二才能出来。

黄河赤子

乔根善回到清水河。

星期二的晚上,乔根善想起取检查结果的事,就给乔东打电话,说:"东东,检查结果拿上没有?有没有事儿?"

乔东说:"结果拿上了,我们还是去北京哇。"

乔根善一听,肯定是检查出了问题,就问:"去北京?谁和我去呀?"

乔东说:"我、我妈,还有我姐。"

乔根善看看身边的贾秀女,说:"你妈就在我跟前,也没说去北京的事儿。看来你们是瞒着我早商量好了。"

乔根善感觉到问题的严重性,挂了电话,就给二儿子打电话,说:"二东,你回来一下,我有话和你说。"

乔二东很快就回来了。

乔根善对他说:"大大这次身体查出大问题了。明天,我和你妈、你姐、你哥一起去北京呀,回来的可能性很渺茫。不管怎么样,你们兄弟俩好好把这个摊仗守住,挣下的家产按4∶4∶2分成,你和你哥4份,你姐2份。你们好好照顾你母亲,让她安度晚年。你们要照我说的办。"

去北京之前,乔根善召集全家老小去了呼和浩特市一个洗浴中心。那里洗、吃、住一条龙服务。他们中午吃了饭,下午洗了澡。晚上,一家人都在大厅里休息,5个(外)孙子孙女都睡着了。半夜,乔根善悄悄起身,把5个孩子挨个抱住亲了一遍。孩子们从睡梦中惊醒,叫着:

"爷爷""姥爷"。

乔根善说:"我亲完你们了,睡哇。"

乔根善望着孩子们想,多好的孩子们呀!我这一走,还不知道能不能再见面,就算是告别吧。他是那么恋恋不舍!

乔根善在老伴和子女的陪伴下,坐飞机到了北京,去中国医学科学院肿瘤医院看病。

乔根善知道自己得了鼻癌,开始有些害怕,后来想想现在的医疗条件这么好,病肯定能治好的。他牢记着自己上次来看病人时说的话,把病魔看作挑战,把信念当作武器,一定能早日康复的。这么一想,他就放宽了心。心情好了病就能治好,好心情就是最好的良药。

医院里,看病的人乌泱乌泱的,如果想住院治疗就得等很久。最后,他们找到一个副院长。他看了看检查结果,说:"你不需要住院,每周要按时来做放疗。"

乔根善问:"什么是放疗?有没有副作用?"

副院长说:"鼻癌是头部常见的恶性肿瘤,主要的治疗方式有放疗、化疗、手术、靶向治疗和免疫治疗。化疗属于全身治疗,放疗属于局部治疗,俗话叫作烤电,它对身体的伤害整体可控,很少有病人因为放疗的副作用而造成严重的后遗症。"

乔东问:"每周做几次?"

副院长说:"放疗不用每天做,每周六、日来做就行。但是需要很长的治疗过程。"

从医院出来，一家人做好了打持久战的准备。为了便于治疗，他们在医院附近租了房子，省去不少麻烦。安营扎寨后，乔根善一心一意地投入治疗。

经过2个多月的治疗，乔根善的鼻癌治好了。

又经过3个月、半年、一年的复查，没有再复发。

之后，乔根善常对人说："开心是福，健康无苦。生病了，早点去就医，恢复健康和活力，继续拼搏。"

认识他的人不得不佩服，这位年逾花甲的老人，带给人的是满满的正能量。

二

2018年1月6日至11日，乔根善在呼和浩特市参加第十五届人民代表大会第一次会议。这是一次新老交替、承前启后的换届大会，更是一次立足新时代、展现新作为的动员大会。乔根善精神抖擞地参加了这次会议。

事有凑巧，清水河医院的陈院长和他住在同一个房间，两个人是多年的老朋友，只要有时间就一起叙叙旧。

一天早晨，乔根善刚从卫生间出来，陈院长就进去上厕所了。他发现了问题，就问："老乔，我发现你用过的手纸上有血，这种情况有多长时间啦？"

乔根善不以为然地说:"就最近,可能是上火了,没啥事儿。"

陈院长说:"我感觉不对,上火便血是暗红色的,这是鲜红色的,有时间一定要去医院检查一下,没病更好,有病就早点治疗。"

乔根善坚持说:"不会有事儿的,等我有时间再去吧。"

会议结束后,乔根善没有把陈院长说的话放在心上,一心扑在公司修路建桥的事上。

有一天,陈院长给乔根善打电话,问道:"老乔,我跟你说的情况,你去医院检查了没有?"

乔根善说:"我忙得走不开,还没有查。"

陈院长说:"你不要不当回事儿,明天有位医学院的专家坐诊县医院做胃肠镜检查,你来查一下吧,我一直担心你呢。"

乔根善说:"行呢!我明天过去。"

第二天,乔根善在乔东的陪同下,去清水河医院做了胃肠镜检查。

当时,发现他的结肠有问题,让尽快去内蒙古医科大学附属医院复查。乔东知道结果后,并没有告诉自己的父亲。他先回了呼和浩特市,召集姐姐和弟弟开了一个家庭会议,商量好后,才给父亲打电话,说:"大,你来呼市一趟,我们再去内蒙古医科大学附属医院检查一下。"

乔根善说:"你回的时候,为什么不和我说。"

乔根善来到呼和浩特市乔东家,一看儿女们都在,就说:"有多大的事儿,又把他们都叫来了。"

第二天,乔东陪父亲去内蒙古医科大学附属医院做进一步检查。

乔根善一听要做检查，想起自己几年前患鼻癌的事，就说："又要查癌症，我什么感觉也没有，哪有那么严重。"

乔东说："做一个吧，有没有病，一检查就知道，我们都不用整天提心吊胆的。"

结果出来了，乔根善被确诊为结肠癌。

医生说出病情后，乔根善依然安坐，表情未变，凝在嘴角的微笑看上去有点怪。一会儿，他的脸和脖子都变红了，刚才轻松交叉在胸前的两只手放下来了。他有点想不通："人人都说，好人有好报，我做了一辈子善事儿，怎么能连得两次绝症？是上天的眷顾、惩罚，还是考验？"

乔东说："得了病，每次都能早早发现，这是老天爷对你的眷顾。"

乔根善有一个合作伙伴，叫蔡二。他听说乔根善得了结肠癌，就找到他说："我弟弟是广州一家医院的胃肠病专家，我忙得走不开，让我大哥带上你，去找他看吧。"

听说要去广州看病，乔根善的老伴和子女都要去。

农历腊月十四，乔根善一家人在蔡大的陪同下，来到广州那家医院。

这蔡家的老三是这家医院的主任医师。他一直从事胃肠胰腺外科临床工作，尤其擅长胃癌、直肠癌手术。

乔根善十分幸运，在朋友的帮助下，找到了蔡医生。

蔡医生看到大哥带着家乡的朋友来找他看病,十分热情。他先给乔根善做了检查,决定做切除手术,日期定在农历腊月二十。为了让乔根善放松心情,手术前蔡医生带着他们一家人到周边游玩。

春节临近,乔根善突然想起一件十分重要的事情,立马没有心情游玩了。他对两个儿子说:"就快过年了,扶贫的白面和大米还存放在公司的仓库里呢。你们兄弟俩赶快回去,无论如何要把这些白面和大米,亲自送到8个乡镇,乡亲们还盼着呢。"

乔东和乔二东都很听父亲的话,但是他们看到生病的父亲,非常担心。

乔东说:"等您做完手术,我们再去送。我们不在,您做手术,我们不放心。"

乔根善说:"我们不能失信于人,手术可以晚点做,等你们回来再做。"

为了给父亲分忧,兄弟俩坐飞机回了呼和浩特市,连夜赶回清水河。第二天,他们组织车辆将白面和大米送往8个乡镇。一切工作完成,他们才回到医院。

农历腊月二十这天,蔡医生主刀为乔根善做了结肠微创手术。在全麻的状态下,他没有感到一丝丝疼痛。在医院住了几天,蔡医生对他特别关照,他也没有感到不舒服。已经临近春节,对于中国人来说,春节意味着全家团圆,也意味着幸福的团聚。

有一天,乔根善对蔡医生说:"咱们家乡有句话,'有钱没钱,回家过年'。我想出院回家过年，你看行不行？"

蔡医生说："我看你恢复得不错，回就回吧。"

农历腊月二十七，乔根善跟着家人离开医院，回到清水河家中。让乔根善没想到的是，度日如年的日子就此开始了。从回到家的那天起，乔根善开始大便失禁。这件事情让他的情绪跌入低谷。他是一个十分爱干净的人，从来不让自己身上有一点脏东西，如今却需要家人照顾，不停地洗涮。有几次，他想从楼上跳下去，一死了之。

正月里，正是走亲访友的时候，亲朋好友听说他做了手术，都来家里探望。乔根善关上房门，把拐杖放在床前，不让前来探望的人迈进一步，不想让人看到他病怏怏的样子。

由于思想上出了问题，他每天躺在床上不吃不喝，健康状况每日俱下。他的体重降了30多斤，身体骨瘦如柴，眼窝深深地凹进去，带棱的嘴角也无力地耷拉下来，脸色枯萎如同一张干瘪的黄菜叶。

解铃还须系铃人。为了解决乔根善的心病，蔡医生抽时间赶回来看他。他一走进乔根善家就喊："起来，快起来！每天躺在床上，好人也能躺出病来。你每天在地上来回走动走动，有利于康复。"

乔根善遵从医嘱，拄着拐杖在屋子里转悠。

蔡医生说："中午和我们一起去酒店吃饭。"

乔根善一开始坚持说："不去。"

乔根善在大家的鼓励下在地上走了一会儿，感觉好多了，这是正月里第一次走出家门。

等乔根善有了战胜疾病的信心后,蔡医生才放心地回了广州。

乔根善重新站了起来,有了出去走走的欲望,但又怕邻居看见他弱不禁风的样子。于是每天天黑以后,他才拄着拐杖在小区的大院里走上几圈。

春节过后,乔根善回到喇嘛湾镇,在弟弟开的酒店住下,有老伴、女儿和侄儿媳妇每天无微不至的照顾,很快恢复了健康。

山因势而变,水因时而变,人因思而变。思考是他的生命源泉,也是快乐的源泉。当疾病袭来的时候,他也会害怕,但随着自己对生命的理解越来越豁达,对"死亡"这个概念也变得释然。经过种种磨难,他的心胸更加开阔。真正能治愈自己的,只有自己。终于有一天,他的内心强大到无法被扰乱。他说:"当我们无法改变这个事实的时候,不妨用坦然的心态去面对,认真对待余生,过好每一天。"

第五章

架起一座"希望之桥"

2018年，乔根善埋在心底的愿望终于实现了，他用善良架起一座希望之桥，这座桥就是清水河上的万和厚大桥。

其实，在喇嘛湾黄河公路大桥建好之后，乔根善已经在清水河架起了22座桥，从简易桥到钢筋混凝土大桥他都建过。那为什么说万和厚大桥是他架起的"希望之桥"呢？这要从清水河县城的旧城改造说起。

清水河县城旧城区四面环山，一条清水河从城区中间穿过，主要承担雨季的泄洪任务。旧城区改造时，为了解决土地问题，县政府决定压缩河道，在河北岸扩建一条河滨路，以此来缓解原来街道的交通压力。

在旧城改造中，乔根善已经承担、完成了许多修路建桥的任务，也曾在清水河上架起两座桥。

因为乔根善是县、市两级多年的人大代表，2017年，有人找他反映清水河县城关镇第一小学周边堵车严重,想通过他向政府反映一下。按理说,学校门前有一条美丽的河流是一件很惬意的事情,但当它成为南北贯通的障碍时,就成了人们的"心病"。乔根善马上下去了解情况。

清水河县城关镇第一小学创建于1901年,至今已走过100多年的光辉历程。现有教职工70多人,在校学生2000多人。因为附近没有大桥,河对岸的学生上学要绕道一两千米。路上车多,家长不放心就接送孩子。滨河路上堵车严重,给附近居民的出行带来许多不便,修桥的呼声很高。

为了解决这一难题,他多次去找县里的主管领导。可是时间一天天过去了,还是没有动静。有消息透露,政府拿不出钱来。乔根善心急如焚,想干的事没法上手,浑身的劲使不出来,这是最让他难受的。等待不是乔根善的性格,这是一个创业的年代,是个时间就是金钱的时代,是个竞争激烈的时代。一个有理想、有志气、有抱负的男人都不会在等待中消磨生命。乔根善说:"再不能等了,就是砸锅卖铁,我也要把这座桥建好。"

第二天,乔根善守在县主管领导的办公室门口。

他见到主管领导直截了当问:"修建万和厚大桥的事儿定下没有?"

主管领导说:"想建了,就是缺资金。"

乔根善说:"活人还能让尿憋死,这活儿我干了。工程款我先垫付,政府什么时候有钱了再给,能给多少算多少!"

主管领导上前拉住他的手,激动地说:"你这是为老百姓着想,为政府解忧,太谢谢你啦!"

乔根善回到公司就安排做工程预算,准备垫资修建万和厚大桥。

这件事很快就在公司传开了。胆小的人开始埋怨了:"乔总也真是的,工程款也不给,担这风险做甚?工程干成了,好处是大家的;工程干不成,惹下一摊事儿,花出去的工程费用找谁要?还不是自己掏腰包。"

有人说:"乔总这么做工程,也是为挣钱。"

有同情乔根善的人说:"你不为挣钱?让你垫上钱做,你做不做?"

那人说:"我才不做呢!公家欠下钱,还不知道给了给不了呢。"

同情者说:"乔总这么做,桥修好了,路修好了,既方便了居民,也美化了县城,我们还得感谢他呢。"

其实,大家所担心的也正是乔根善最焦虑的。

贾秀女问他:"你到底是怎么想的?"

乔根善说:"古时候,韩信打仗时有过'背水一战'的经历,为的就是激励他的部下奋力相拼,死而后生。没有谁逼我们,是我们自己把自己逼到了这一步。明明知道这是一步险棋,也得一步步走下去。我们做的事是好事,就是赔钱,我也认了。"

说干就干,乔根善决定干的事情,就要雷厉风行地去干。工程预算刚刚做完,桥还没有开始建,乔根善就检查出结肠癌。亲朋好友知道后,都劝他先把建桥的事放一放,治病要紧。他只好在妻子和子女的陪伴下,前往广州治病。

很多人认为乔根善得了绝症,生死未卜,修建万和厚大桥的事肯定要泡汤了。

令人动容的是,2018年春天,大病初愈的乔根善便进入承建的城关镇万和厚大桥工地,带领工人开始紧张施工。他把这次战役,当成检验自己的民工队伍是否过硬的试金石,每一个人都严阵以待,接受考验。

春风吹绿黄河两岸的时候,大桥开工建设了。乔根善的施工队伍拉过来了,他们又要在清水河上建大桥了。当年在村里抡锄头握镰刀的农民工,现在又要真刀真枪地建大桥了。

建一座"希望之桥",这是乔根善多年以前的一个梦想。这次虽然不是大型桥梁,但也是自己垫资给家乡父老建的桥。

乔根善说:"我们总是给自己设定一些所谓的原则和底线,这不能做那不能做,以致畏首畏尾,目光短浅。这些都来自恐惧。恐惧会使我们失去安身立命的一切。其实这是缺乏自信和魅力的表现。胆小的人成功的概率就小。我们要把目光放远一些,去创造奇迹。什么是奇迹?就是别人不敢干的事,你去干了;别人认为你干不成的事,你干成了,你就创造了奇迹。"

因为他们承建的是一座维系民生的大桥,是一座"希望之桥"。为了保质保量保工期完成任务,乔根善和民工们一起风餐露宿,马不停蹄地投入战斗。经过3个多月的建设,万和厚大桥顺利完工。乔根善垫资

黄河赤子

1300多万元。乔根善和他的农民工兄弟的脸上绽放出笑容,像打了一个翻身仗一样浑身舒坦。

万和厚大桥建成时,正赶上新学期开学的日子,这对第一小学的学生们来说,以前需要20分钟走完的路,现在5分钟就到了。他们再也不用父母开车接送,几个同学相约着一起去上学。有了这座桥,既安全又方便。小学生们高兴地说:"感谢乔大爷给我们修了这座桥,我们一定要好好学习,长大了为建设家乡贡献力量。"老百姓也为他点赞说:"乔根善又为群众办了一件大好事。"

万和厚为清朝光绪年间山西榆次人贾亮恒所开设的商号,主要有粉房、缸房、杂货铺等,至今仍保留门面旧貌,"万和厚巷"得名于此商号。万和厚大桥位于滨河海星城住宅小区以北,华融财富广场以东,横架于清水河之上,直通万和厚巷。大桥全长100多米,宽16米,双向四车道,呈南北走向,是打通永安街和滨河南街、滨河北街的重要通道。

乔根善的家就在清水河畔的飞翔小区。桥修好后,吃过晚饭,他和贾秀女常在河边漫步。几年来的旧城改造工程,使这座山城旧貌换新颜。如今街道整洁、高楼林立、河水清澈。万和厚大桥与贾家湾大桥、东门桥、圣泉桥、永安桥、永济桥、桐过桥、文博桥、王三窑桥、民灿桥构成了"清水十桥"美景。每当夜幕降临,座座大桥形态各异、流光溢彩,水中的倒影更增添了无穷的魅力。这些桥既方便了滨河南北沟通,又成为清水河上一道亮丽的景观带。

望着波光粼粼的河水,乔根善在心中默默地为家乡人民祝福,祝福他们在奔小康的路上越走越宽广!

万和厚大桥,让人与人之间的阻隔消失,让社会更加和谐。万和厚大桥,是情感交流的要道,是灵魂共舞的纽带,是美的连接、爱的永恒!

经过十几年的建设,清水河县城关镇的面貌发生了变化,城区面积大幅扩大,人口发展到5万多人。

一个蓝天、碧水、青山环抱的宜居环境初步形成。"一园四庙五院十桥"美景,串联起清水河古今胜景,印证了这座厚重感十足的古镇的沧桑巨变,也见证了清水河欣欣向荣、蒸蒸日上的光明前景。

第六篇

海纳百川心胸宽

落红不是无情物，化作春泥更护花。

——龚自珍《己亥杂诗》

黄河赤子

爱,是人类共有的品格,是这个世界的灵魂。它包含了爱情、友情、亲情以及人对所有事物的情感。因为爱,生活才美好,生命才拥有了智慧、期待和求索。懂得爱,并施爱于人是幸福的。

在清水河流传多年的一句话,"有困难找老乔"。这是乔根善无私无畏地帮助别人的真实写照。他的真情大爱,像一个巨大的磁场,向四面八方辐射着满满的正能量,弘扬着中华民族的传统美德。

他始终把"穷则独善其身,达则兼济天下",作为立身处世的座右铭,并内化于心、外化为行。在贫困的生活中,他言传身教,身体力行,成为努力奋斗的表率;在拥有财富之后,不忘桑梓,捐资助学、扶贫济困、修桥补路、捐米捐面,又帮助父老乡亲摆脱贫困。

仰不愧于天,俯不怍于人。在清水河县的民营企业家中,他虽然不是拥有财富最多的,但他无疑是企业家中非常慷慨、富有爱心和社会责任感的。他以兴家报国的情怀和富而思进的责任和担当,向自己的家乡清水河奉献一颗赤子之心。

业始于青萍之末,捐千金助学浇筑教育梦想;善起于微澜之间,凭至真至善唤起公益的热浪,彰显民营企业家的大爱大德大情怀。

第一章

有困难找老乔

"有困难找老乔",这句话在清水河县流传了好多年。几十年来,无论是集体还是个人,遇到困难,只要来找乔根善,他都给予帮助。

为了使寻求帮助的人能及时找到他,乔根善就喇嘛湾的地理位置编了个"顺口溜":"天下黄河九十九道弯,其中就有我们喇嘛湾。西靠黄河,东靠山,北靠和林托县土默川,南靠准格尔旗榆树湾。一过黄河往前转,前面就是我们喇嘛湾,丁字路口往北转,前面就是乔河畔。本人姓乔名根善,路上路下你们把我看,有甚做的帮你办。"

乔根善是这样说的,也是这么做的。他不忘初心,为民办实事。

黄河赤子

一

2000年,张世富当了清水河县红十字会会长。他秉承"人道、博爱、奉献"精神,开始了关爱生命、救死扶伤之旅。

俗话说得好,"施与者福"。这里的"福"字,不仅展示着行动,而且还表示着一种心灵和心理上的感受。工作开展伊始,张世富最发愁的就是需要救助的人有很多,而乐善好施者在哪里呢?他翻阅手机里的通讯录,目光聚集在"乔根善"这个名字上,仿佛有一个声音在耳边响起:"有困难找老乔。"张世富的脸上露出欣慰的笑容。

乔根善是他多年的朋友,他的博爱之心、善良之举,已融入生活中的每一个细节、每一次行动,无疑是支持和参与红十字会慈善事业的最佳人选。

张世富向乔根善递出"橄榄枝",聘请他为清水河县红十字会名誉副会长。乔根善欣然接受了,说:"社会是一个大家庭,我们每个人都是其中的一分子。团结、互助、友爱是人生必不可少的道德品质,只有拥有了这些优秀品质,我们才能有机结合起来,担负起建设祖国的重任,社会才能和谐发展。"

乔根善的加入给红十字会注入生机与活力。他救助的第一个患者叫党建军。他是一名孤儿,家住城关镇大湾村。2003年,他18岁,不幸患肾病综合征。因为没有钱治病,他的病越来越重。他到红十字会请求救助。张世富找到一位从清水河县走出去的肾病专家,把党建军送进他工作的内蒙古中蒙医院接受治疗。

乔根善得知情况后,赞助了1万元住院费,让党建军在绝望中看到希望,点燃生活的勇气。经过多方援助,党建军治愈出院,可以自食其力地生活了。

乔根善资助的第一个大学生叫苗婧。她生活在北堡乡杨湾村一个贫困家庭,母亲长年生病,生活不能自理。2004年,经过寒窗苦读,她考取某大学高级护理专业。虽然她学习成绩优异,但高额的学杂费犹如一头拦路虎挡住了她的求学之路。

张世富得知这个情况后,去和乔根善商量。乔根善说:"知识改变命运。上大学是我们贫困山区的孩子走出大山的希望之路。只要人人有学上、个个有技能、家家有希望,就会打破贫穷的代际传递,彻底拔掉穷根。我给她出2万元学费,先让她去上学,以后有什么困难随时来找我。"

大学毕业后,苗婧回到家乡清水河。因为她牢牢记着,如果不是当年乔根善的帮助,她就不会有今天。2021年,苗婧走上自主创业之路,想办一个小型养猪场。乔根善又赞助她10头猪仔,按每头2000元计算,价值2万元。

2000至2009年,乔根善通过红十字会赞助5名贫困小学生,每人2000元,共1万元。

2005年,张世富创建红十字会医院时,资金短缺,乔根善又资助6

万元。

乔根善积极与县红十字会配合，以实际行动为人们解决困难，为千家万户伸出温暖之手，架起心灵之桥，展现了红十字志愿者的精神风貌。

多年后，张世富离开了红十字会，但他每次提及乔根善为红十字会所做的一切，总会有一句话脱口而出："博爱福泽天下，人道温润心灵。"

二

丁树根，是一名退伍军人。他与乔根善认识也是在公路建设中。

1997年，乔根善修路要从山上取沙，因为不熟悉周边环境，乡里派丁树根带他们去取沙点。

找到取沙的山坡，乔根善发现那里有一棵大树。他走过去，用手摸摸那棵树，说："这棵树长了有十几年了，我想换个地方取沙。"

丁树根说："你管它树不树的，你已经花钱了，不在这取，去别处还得花一次钱。你花那个冤枉钱干什么？"

乔根善说："在这片黄土地上，干旱少雨，长一棵树不容易，何况是一棵大树。我宁愿多掏钱，也不能毁了这棵树。"

后来，乔根善重新找了一个取沙点，又多掏了一次钱。因为这件事，丁树根对乔根善刮目相看，他们成了好朋友。

乔根善知道丁树根家里生活很困难，就鼓励他每年多养几头猪。猪崽都是乔根善送给他的，每年6头，一连赞助了6年。后来，乔根善与人合作开办猪场后，每年又给他赞助25公斤重的良种猪崽10头。

丁树根自己算了一笔账：每头猪崽市场价2000元，10头就是2万元。养到冬天，整猪卖每头就是1万多元，除掉他养猪投入的成本，相当于乔根善一年给他赞助10万元。在他眼里，乔根善就是一位能人，他的过人之处还在于他的超前意识和预见性。

2019年，乔根善把丁树根叫到办公室，说："今年，你要多养几头猪。"

丁树根说："为什么让我多养几头猪？"

乔根善说："据我分析，到了冬天，春节之前，猪肉要长到30元钱1斤。"

丁树根说："现在猪肉已经17元1斤了，已经够贵的了，还能涨？我不相信。"

到了冬天，猪肉真的涨到30多元1斤。丁树根深深佩服。

乔根善不仅他认识的人有困难去帮助，陌生人他也照样帮助。

有一天，窑沟的一位50多岁的老人，找到乔根善说："我老伴得了癌症要去北京看病，没钱想找你借上1万元钱。"

乔根善拿出1万元现金，说："你拿去用吧，不够再来找我。"

老人说："我给你打张欠条，以后还你。"

乔根善说："拿去用，不用还。"

老人感激地流出了热泪，说："你真是个大好人！大善人！"

乔根善听说喇嘛湾镇信用社的马继云得了食道癌，要去广州做手术，主动送去1万元，说："钱不够，你就找我，一定要放宽心，好好养病。"

乔河畔村的张石柱是建档立卡贫困户，2个女儿全结婚了，一个儿子考上了大学。他勒紧裤腰带，总算供儿子念完大学。孩子26岁时，把女朋友领回家，要订婚，张石柱愁得睡不着觉。乔根善听说后，去他家祝贺，并留下1万元钱，说："结婚的时候，我再给你拿1万元。"

张石柱十分感动，逢人就说："根善是个大好人，真心实意帮助咱们这些穷人。"

三

乔根善不仅从经济上给予困难群众帮助，还在修桥补路上常常施以援手。

2003年，从永安街到滨河北路有条600多米长的路，每逢下雨，泥泞难行，住在周边的居民怨声载道。张关于看在眼里，急在心上，他知道县里两位领导每天上下班都要走这条路，对这条路的境况了解，就找到他们，想请他们考虑一下修路的事。

其中一位领导说："我们也早想修这条路了，就是政府没有相关预算。"

张关于说:"我和乔根善是亲家,找他帮忙修,你们看怎么样?"

两位领导说:"我们没意见,中午和他一起吃饭,聊聊修路的事情。"

中午,在饭桌上,谈起了这件事,乔根善主动承担起修路任务。

第二天,天刚蒙蒙亮,乔根善已经把他的工程队拉过来了,机械全部到位。这条路虽然600米长,10米宽,但工程量不小。要想把这条路修好,就得先把淤泥挖出去,再拉沙石垫起来,要别人来修这条路的话,至少得50万元。乔根善雷厉风行,不计较个人得失,用了一个多月的时间,把路修好了。

每当人们走到这条宽展、平整的马路上时,都说:"乔根善又为我们做了一件大好事。"

2006年,洪水把喇嘛湾镇三中附近的两座桥冲垮了,严重影响了人们的出行。乔根善得知这件事情后,主动带着施工队伍,加班加点,火速将桥修好。喇嘛湾镇政府对他帮助政府排忧解难给予高度评价,并马上将该项工程立项,给他补发了工程款。

2020年9月,在滨河小区居住的发改局副局长找到乔根善说:"乔总,我们小区的路面从住进去到现在没有硬化,给居民的出行带来许多不便。你能不能帮忙平整一下?"

乔根善说:"你放心,这事交给我好了。"

第二天,乔根善就把正在修路的施工队伍调过去,清理、平整、硬化小区内的路面,共计花费10万多元。

黄河赤子

　　看到平整的路面，小区居民十分感动，齐声称赞乔根善为大家义务办了一件好事。他们自发地组织起来，去乔根善的公司送了一面锦旗，上书"根系百姓济苍生，善行天下功无量"，表示诚挚的感谢！

　　在现实生活中，一个人做一件好事并不难，难的是几十年如一日做好事；一个人信守一次承诺并不难，难的是用毕生的心血去践行许下的承诺。乔根善就是一个把"一诺千金"当作自己的人格操守，用毕生心血践行并坚守诺言的人；是一个真正把做好事当成平常事，把做善事当成平凡事的人。他的无言大爱在播撒幸福中升华，得到了社会的认可，为人们树立起一座道德丰碑！

第二章

同为生意人

乔根善和张在祥同为生意人,也都是呼和浩特市人大代表。虽然年龄相差10岁,但因为相同的命运和经历,又都热衷于公益事业,经常会碰面,成为莫逆之交。

一

乔根善,1952年出生在喇嘛湾,因为家里有8个孩子,养活不起,就送人4个。他是家里被第一个送人,也是唯一又被抱回来,在原生家庭长大的。张在祥,1963年出生在城关镇,因为家里有6个孩子,养活不起,就送人3个,他就是送走的其中一个。他在养父母家里长大。

清水河县山峦起伏,沟壑纵横,土地瘠薄,地下水奇缺,是典型的旱作雨养农业县。因为贫穷落后，很多人出去以后就不想回来了。但张在祥也和乔根善一样，从来没有想过要离开自己的家乡。张在祥常说，儿不嫌母丑，狗不嫌家贫。他感觉自己的家乡很好，根植家乡、热爱家乡。他的家和产业都在清水河县。

2006年，张在祥在清水河县城关镇神池窑村建成了占地面积6000平方米的内蒙古蒙鑫粮油贸易有限责任公司，从事粮油购销及加工生产，其小米、黄米面、糜米、莜面、豆面等杂粮产品，畅销内蒙古、北京、上海、河北、山西、山东、重庆等地，成为呼和浩特市农牧业产业"龙头企业"。按照"抓住优势、发挥优势、组合优势、提升优势"的企业经营发展策略，立足地域优势和资源优势，带动乡县及周边地区近万户农户发展以小杂粮为主的种植业。张在祥通过自己的努力脱贫致富。

2013年9月，乔根善患鼻癌，在北京治疗半年后回家休养。张在祥得到消息后，去探望他。

乔根善说："我大病一场，才知道健康永远是第一位的。人倒了，一切就没有了。"

张在祥说："我想起李鸿章的一副对联，祈寿年无须服药，但愿身无病，心无忧，门无债主，可为地上神仙。"

乔根善笑着说："我从你身上感觉到，享清福不在为官，只要囊中有钱，仓有米，腹有诗书，便是山中宰相。"

张在祥刚走，乔东回来了，问父亲："大，张总来看你，说没说他做生意赔钱的事儿？"

乔根善说:"没有,你快说,他怎么赔的钱。"

乔东说:"他不说,是怕您担心呢。"

原来,张在祥每年秋收前都要和农户签订单。今年秋收前,谷子每斤长到3元钱,他照样和农户签了订单。到收谷子的时候,谷价却跌到每斤1.5元。张在祥是做粮食生意的,常挂在嘴边的一句话是:粮比天大,信比物重。对他来说,诚信比黄金更珍贵。农户把谷子拉来了,他就按之前说好的分文不少地把钱付给了农户。有的农户知道他这样做会赔不少钱,就说:"先欠着,等你周转开了再给我。"张在祥不肯。

听乔东讲完,乔根善问:"你知道他赔了多少钱吗?"

乔东说:"他不说,别人也不知道。肯定没少赔。"

第二天,乔根善不顾身体还在恢复期,开上车,去了神池窑村张在祥的公司。

张在祥正好从生产车间走出来,看见乔根善从车上慢慢下来,跟跟跄跄地向他的办公室走去。他赶忙迎上前,扶住乔根善,问:"老哥,你怎么来了?有事吗?"

乔根善说:"我听说你收谷子赔了钱,我来看看你。"

张在祥把他扶进办公室,让他在沙发上坐下,说:"比起你的身体健康来,其他都是小事一桩。你先坐下,我给你泡壶茶。"

乔根善说:"我不喝茶,给我来杯白开水吧。"

张在祥把茶壶接满水,放在电磁炉上烧水。

黄河赤子

乔根善仔细打量一下他的办公室，最引人注目的是书架上摆着琳琅满目的书。他看见桌子上放着一本书《曾国藩》，就拿起来翻看。

乔根善说："你做生意也20多年了，还是那么喜欢读书，难怪人们都在说，你是清水河的生意人中最喜欢读书的，是咱们这儿首屈一指的儒商。"

张在祥把水杯放在乔根善面前的茶几上，说："喜欢读书是真的，儒商就言过了。"

乔根善说："我从北京回来，那天你去家里看望我，也不跟我说你收谷子赔钱的事？"

张在祥说："这点儿事，我自己扛扛就过去了。你还是好好养病，不要为我的事操心了。"

乔根善说："我来找你，主要是想帮助你渡过难关的，你需要多少钱我给你拿！"

张在祥说："真的不用。我正在读《曾国藩》，对他'好汉打脱牙齿和血吞'的做事态度很是敬佩。我也记得一句话，一生之成败，皆关乎朋友之贤否，不可不慎也。我有你这样的朋友，真是一生之幸运！"

乔根善说："不瞒你说，自从这鼻癌接受放疗之后，我的嗅觉、味觉，还有记忆力都受到影响，到现在还没有恢复过来，不说它了。你继续说曾国藩。"

张在祥说："曾国藩年幼时修身自立，成年后封侯拜相，终成一代封疆大吏。从他告诫子孙自勉的家书中，我们可以体会到古代儒生修身、齐家、治国、平天下的豪迈和智慧。他的'修身五律'包括诚、敬、谨、静、恒。他把'诚'放在首位,把'诚'当作人生的根本。对于我们生意人来说,做人要诚信、诚实和诚恳,不欺人也不自欺,这样才能把生意长久地做下去。"

乔根善说:"我常以'恕'字激励自己,宁人负我,我勿负人;宽以待人,容人之短。"

张在祥说:"我最敬重你的是平易近人,不卑不亢,内外兼修,乐道人善。你放心吧,我一定能挺过去的。"

二

过了两天,乔根善又给张在祥打电话,说:"你来我家一趟。"

张在祥急急忙忙去了乔根善家。

乔根善说:"在祥,你不说需要多少,我给你准备了80万元救急用,不够,你说话。"

张在祥说:"老哥,你的心意我领了。我再难也不能拿你的钱,你还是个病人,好好养病。我自己的事情自己解决。"

乔根善说:"钱我已经准备好了,你就拿着吧。"

张在祥激动得热泪盈眶,说:"钱,我拿上,多少利息?我给你打个欠条。"

乔根善说:"我不要利息,也不用打条子,你拿去用吧。"

张在祥被深深地打动了。人在最困难的时候,得到别人的帮助,是多么温暖的事情。

乔根善说:"我越来越感觉到钱是一生都赚不够的,只有健康才是你一生的财富!成功就在每个人的正前方,可望,也可即!气魄来自心灵,你只要坚定地奔向你的目标,整个世界都会为你喝彩、让路!"

张在祥说:"历经沧桑,酸甜苦辣皆是营养;透过红尘,成败得失皆为经验;浮沉起落,奋进的心是对成功不变的承诺。"

3个月后,张在祥终于扭转了200多万元的亏损,渡过了难关。他做的第一件事就是把乔根善的钱还上。

乔根善说:"你这么着急还钱干啥?我本来是想让你用于周转的。"

张在祥说:"你这么大的摊仗,还贷着款,生着病,我怎么能拿上你的钱不还呢。"

接下来,他们又聊起曾国藩。

乔根善说:"我也读了《曾国藩》这本书。我感觉晚清把官做得像他那样好的,很难找出第二个。"

张在祥问:"何以看出曾国藩这官做得好呢?"

乔根善说:"一是升迁快。从28岁考中进士到37岁,这10年间,他7次获得升迁的机会,37岁那年他连升4级,这种升迁的速度非比寻常。二是兼职多。朝廷6个部,除了没在户部做过,其他5个部他都兼过职,可见他的过人才干。三是差事多。表明他受重视。官升得快、得到历练的机会就多，建立的人脉自然也很广，这个除了曾国藩本身的能力外，主要是他修身的结果。"

张在祥说："当初太平军在广西起义，到打下南京，只用了短短两年零两个月；而曾国藩从咸丰二年组建湘军，到收复南京用了12年半。相较之下，可见曾国藩的事业是多么的艰难。这期间，他曾两次自杀，一次跳湘江，一次跳长江；曾被太平军一围几个月，连一个救兵都发不出去；他的枕头底下长年累月放着一把剑，万一战败了，敌人冲进来，他随时准备自杀。"

乔根善说："曾国藩有一股韧劲，他一生用3个字对待挫折，硬、挺、忍。任何大事都不是轻易办成的，能轻易办成的就不是大事。人生中面对任何打击和失败，要的就是曾国藩'好汉打脱牙和血吞'这种百折不挠的精神。这些东西看起来是做事的态度，其实它源于智慧修养。"

张在祥说："曾国藩认为最好的境界就是'花未全开月未圆'，这种状态是自然界最好的状态，也是人生最好的状态。在这样一个基础上，他一再告诉他的家人要'求缺惜福'。我的体会是，求缺能使人产生满足感，而满足感可以生发人的惜福之心。惜福之心有了，人就萌生感恩的情怀。"

后来，张在祥经常向人提起乔根善真心帮助他的事。他说："在我最需要帮助时，他在我不知情的情况下，毫不犹豫地站出来，是难能可贵的。他真心帮助人，是一个提升自我人格境界的真英雄。"

黄河赤子

张在祥常说："人性本善。无论相貌好看与否，善良的心都是最美好的；无论富贵贫贱，不分年龄职业，善良的心是最可贵的。善良，是人生最美的修行。"他愿与智者为伍，与善者同行，传递温暖，传播正能量，让生活充满阳光。

早在2009年，他在乔根善的影响下，发起了"一碗小米粥，滋润小肚皮"活动。每年定期向清水河县中学、小学、幼儿园捐赠小香米5000斤，保障了所有住校学生的早餐粥免费供应。累计捐赠小香米6万多斤，金额40多万元。2014年，张在祥和乔根善同被评为"青城好人"。张在祥还多次被清水河县人民政府评为"爱心奉献先进个人"和"诚实守信模范"；2017年，他还被呼和浩特市人民政府评为"最美青城人"和"道德模范"。

三毛说，人活着还真是件美好的事，不在于风景多美多壮观，而是在于遇见了谁，被温暖了一下。乔根善对张在祥的帮助，汇成了一股暖流，足够温暖他一辈子。帮助别人，自己也会强大起来。事物都是相互作用的，赠人玫瑰，手有余香。每个人都应该怀着对未来生活的希望和憧憬，过好今天、迎接明天，懂得珍惜，懂得感恩，学会理解，学会包容，以微笑面对挫折，以坚强征服困难。

第三章

信仰如河

　　信仰如河，流之弥远，饮之愈甘。它给人一种精神的仰望和生命的活水，能托起沉沦的人生，点亮心灵的灯盏。

　　从乔根善记事起，耳闻了"没有共产党就没有新中国"的歌声，目睹了"听共产党的话，跟共产党走"的标语；接受了"共产党是人民救星"的教育。红色的种子播撒在他幼小的心田。

　　乔根善一生最大的愿望就是早日加入中国共产党。20世纪90年代初期，乔根善的企业步入正轨。在流过很多汗、吃过很多苦后，他入党的愿望更加迫切。怀着最纯粹的想法，他找到喇嘛湾镇党委书记说："加入中国共产党是我心之向往。这些年来，经过党的教育和英雄模范人物的激励，经过思想磨炼，更加坚定了把自己的前途、命运与党的事业结合起来，为共产主义远大理想而奋斗终生的信念。我深知，作为一名共

黄河赤子

产党员，不仅要做一个解放思想、实事求是的先锋，更重要的是在不断改造客观世界的同时，努力改造自己的主观世界，只有树立科学的世界观、人生观和价值观，才能充满为共产主义事业奋斗终生的信心和勇气，才能在建设有中国特色社会主义的进程中奉献自己的智慧和汗水。所以，我只有将自己的爱国热情化作行动！"

喇嘛湾镇党委书记说："没想到你对党的认识这么深刻，先写一份申请书交给我，随时准备接受组织对你的考验。"

乔根善郑重地向喇嘛湾镇党委递交了一份入党申请书，随时接受党组织的考验。

1991年7月1日，乔根善光荣地加入了中国共产党。面对鲜红的党旗，在立誓言的时候，他激动得热泪盈眶。入党使他获得第二次生命。入党后的他不再是为了小家而拼搏，而是肩负起更大的社会责任；入党不能是我行我素，而是做好表率。践行初心成为他前行的动力源和风向标。他在方方面面严格要求自己，不管遇到什么困难都主动站出来解决，这股韧劲对他后来的创业和发展起到极大的推动作用。

乔根善是一个非常严肃的人，自从在党旗下宣誓之后，他已经暗下决心，这一辈子就跟党走。他富裕起来之后，就扶贫济困，让更多的父老乡亲得到帮助。

乔根善怀揣初心，牢记使命，坚定信仰，知行合一，做无愧于党员身份的人，做有益于人民的人，做新时代的创业者，展现了一名共产党员和人大代表的风采。

"我是一名名副其实的老党员！"说起自己30多年的党龄，乔根善颇为自豪。"我创业初期就成为一名党员，自强不息、坚韧不拔、吃苦耐劳的党员精神对我树立正确的世界观、人生观、价值观起到很大的作用。这一直伴随着我创业。党员身份是荣誉，更是责任。"

不忘初心，做有益于人民的人。定位喇嘛湾，助力清水河发展，是乔根善最初的坚持。乔根善说："我从来都以自己是一名共产党员而光荣，也能感受到肩上的责任。我一直坚持为家乡做贡献，这不仅是我个人不忘初心的表现，从广泛的层面上来说，不忘初心是我们党、我们国家兴旺发达的重要支撑。党的政策为我们这些自主创业的人提供了广阔的发展空间，也让我们的创业路更稳健。作为共产党员，我要尽自己的力量，扎扎实实做好自己的事情，继续为家乡发力，用实际行动帮助更多的人。"

实事求是、求真务实、真抓实干是党的优良传统，是党凝聚党心民心的重要力量源泉，也是党员干部基本的政治品质。多年的社会打拼，磨炼了他敢为人先、勇于进取的人生信条。"我没有忘记自己是一名共产党员，自己富了不算富，带动更多人富才是真富。"乔根善找到了人生的新方向，那就是投身乡村振兴。清水河县是革命老区，地处穷山沟，山路崎岖，直到20世纪80年代末，全县没有像样的公路，乔根善就带人修路。

实干是创业者的风格。当年，县委书记的好榜样焦裕禄，面对兰考自然灾害肆虐，带领全县人民大力治理风沙、内涝、盐碱"三害"，他

黄河赤子

的誓言是,"拼上老命大干一场,决心改变兰考面貌"。

焦裕禄,山东淄博博山县北崮山村人,原兰考县委书记,干部楷模。1946年加入中国共产党,1962年被调到河南省兰考县担任县委书记,1964年因肝癌病逝于郑州,终年42岁。

乔根善始终牢记"亲民爱民、艰苦奋斗、科学求实、迎难而上、无私奉献"的"焦裕禄精神"。他说,焦裕禄的实干精神,是我学习的榜样,我的创业征程永远在路上。回顾他的创业历程,始终离不开创新为先、先富带后富、脱贫攻坚、乡村振兴等。如果我们能读懂他,或许能理解新时代呼唤的企业家精神是何种模样!

心中有信仰,脚下有力量。人生,就是追求信仰的过程。有了信仰,人生才有真谛。

小的时候,乔根善常常在黄河边上奔跑,咆哮的河水从震颤的大地上翻滚而过,耳边是迅疾的风声。他突然感到脚下有一股无形的力量,而这种力量竟然一直支持着他,融进他的血液。多少年后,他才明白那种力量竟是由于感化于黄河磅礴的气势而根植于内心深处的信仰,那是对人生有价值、有追求的渴求,对强大生命力的真实向往。究竟什么是信仰?乔根善认为,信仰是一种"人性向善"的终极追求。有了这种追求,人才有敬畏精神,才会从精神上约束自己的欲望和行为,修炼思想和情操。

乔根善本该好好享受生活,可是他没有一丝懈怠。他两次战胜癌症,年近七旬仍坚守在自己的事业中,发光发热。初心让他爆发出奋斗的动力,初心使他感受到奉献的幸福。

党的百岁生日,乔根善问自己:如果丢掉初心,我会选择自主创业吃那番苦吗?我会有奋斗不止的拼搏精神吗?我会有精神层面上满满的幸福感吗?我敢断言:如果丢掉初心,一切皆是另一番模样!坚定一份信念,守住一颗初心。不以物喜,不以己悲。这样的人生,终将不会被辜负。

作为一名共产党员,乔根善牢记一个新时代民营企业家的责任和担当,在乡村振兴的道路上,永远当一名奔跑者、奋斗者、奉献者……

第四章

百善孝为先

  父母在，人生尚有来处；父母去，人生只剩归途。乔根善知道，父亲就像一颗生长了几十年的老榆树，在光阴的摧残下，从枝繁叶茂走向老枝秃树，一场大风也许就能将他刮倒在地。

  乔根善每次回家看望父亲，总能想起自己的母亲。母亲的早逝，成了乔根善生命里最沉重的悲哀，心中永远的痛。名誉、地位、荣誉等，都比不上待在母亲身边。如果母亲活着该有多好，可惜命不由人。生老病死，注定是人无法躲避的自然规律。如今，父亲已经是70岁的人了，可是家里的宝贝啊！他一生为儿女们操不完的心，先后给3个儿子娶过媳妇，劳累一生，没过几天好日子。一定要让他有一个幸福的晚年。

  乔根善给父亲找了一个60岁的老太太。两位老人性格相投，彼此照顾，生活很幸福。

有一年元宵节，清水河县城举办各种民俗活动，乔根善夫妇就把两位老人接到县城，让他们散散心。

自古以来，元宵节就是一年中最为热闹的节日。"正月十五闹元宵"，一个"闹"字道出了元宵节的热闹。这是春节后的第一个月圆之夜，五彩缤纷的花灯令人流连忘返。

乔元占和老太太都很高兴。老太太说："我活了60岁，这是头一次进县城，没想到还有这么红火热闹的场面，真是开了眼了。"

两位老人回到喇嘛湾没多久，老太太突然病倒了。乔根善带着她去呼和浩特市看病，最后还是瘫痪在床。

村里的乡亲们就劝乔元占："你也是75岁的人了，现在她躺在床上不能动了，人家有两个女儿、三个儿子，你还是把她送回家，让儿女们侍候去吧。"

乔元占说："人家进门时展展活活的，现在病了我就不要了，我不是那样的人。只要我还能动，我就要好好侍候她。"

乔元占说到做到，全心全意地侍候着老太太。

连邻居都常常赞叹，这么多年，乔家始终窗明几净，欢声笑语，没有一点家里常有病人的愁苦。

5年后，老太太十分安详地离世了。那时，乔元占已经80岁高龄，身体硬朗，还能背起100多斤重的麻袋。

人生短短几十载，乔根善长大之后才知道父亲背后的各种辛酸，才知道父亲是那种沉稳、心思细腻、做事认真的人，才知道他处处为别人

黄河赤子

考虑，唯独不考虑他自己。乔根善召开了一次家庭会议，把他家送出去的1个妹妹和3个弟弟也叫来参加。他说："父亲已经给了我们那么多，我们不能让他感觉到孤独和寂寞，一定要好好照顾他老人家，让他安享晚年。"

妹妹王凤凰说："三哥，我知道你们都很忙，大大由我来照顾。"

乔根善说："你能这样做，我很感激！我每月给你们5000元的补贴，你和妹夫就住在父亲家里陪伴他吧。"

王凤凰说："你们放心。百善孝为先。只要父亲在世一天，我们就有责任和义务好好照料。"

乔元占有了女儿女婿的陪伴和照料，日子过得很舒心、很幸福。

乔根善每次回来，望着父亲就会想到小时候黄河结了冰，父亲钉上一个炭架，滑到河对面的煤矿买煤的情形。他很庆幸自己身上继承了父亲的严谨、吃苦、坚韧和善良等优良品质，才能经受住一次次打击，他很感激和感恩父亲。

有一天，乔元占对王凤凰说："凤凰，叫你三哥回来一趟吧。"

王凤凰就给乔根善打电话："三哥，大大想让你回来呢。"

乔根善感觉有些不对劲，放下手中的工作，开上车就往喇嘛湾镇父亲家赶。

乔元占看见乔根善走进来，就对他说："三子，你回来了。"

乔根善走到床边，说："大，我回来了，你感觉怎么样？"

乔根善再也没有叫醒自己的父亲。他走得很从容、很干脆，甚至没有一点儿拖泥带水。享年92岁。

俗话说,生有所养,老有所葬。喇嘛湾人把葬礼看作非常重大的事情。当地人认为,寿终正寝的老人不再受病痛之苦,可以去清静地"享受"了,所以把这样的丧礼称为"白喜事",要邀请亲朋好友前来吊唁,举办宴会,像办婚礼一样热闹。

按照当地的习俗,乔根善为父亲举办了隆重的葬礼,没有让自己的兄弟姐妹出一分钱,也没有收亲朋好友一分礼钱。

乔元占安安静静地踏上了自己的人生归途,他的一生乔根善用几句话来概括:父亲一生忙碌,却很寻常;一生坎坷,却很勤勉;一生仁义,却很正直;一生孤傲,却很善良。

父亲就像一片云彩,忽走忽飘忽飞,不时牵动着乔根善并不遥远的怀想。多少年过去了,他才渐渐地明白,父亲受尽磨难去做河路汉,不就是为了改变命运,与命运抗争吗?

第五章

夫妻恩爱苦也甜

女人这辈子有两次投胎,出生是一次,出嫁是一次。出生那次,没得选,但出嫁这次却能自己选,无论如何也要选一个满意的。嫁给乔根善,贾秀女是选对了人,嫁对了郎。在贾秀女眼里,乔根善就是真正的大丈夫。因为在他的身上体现出7种品质:对父母有孝心,对朋友讲义气,对爱人重情义,对众生有仁爱,对社会有责任,做事情讲原则,拿得起放得下。

一

贾秀女虽然只念过3年书,但在班里学习成绩名列前茅。她是家里的长女,有2个妹妹和4个弟弟。因生活困难,为了让弟弟妹妹们上学,无论她多么爱学习，还是忍痛放弃了学业。辍学后，她不甘心自己一辈子没有文化，村子里办耕读学校，她又去那里半耕半读了两年。

耕读学校，是20世纪60年代为贯彻执行"两种教育制度、两种劳动制度"，解决农村孩子就地入学问题而在广大农村举办的学校。半耕半读的方式，即半天务农半天读书。农忙季节，白天参加劳动，晚上点着煤油灯上课。贾秀女上耕读学校时，全村的孩子不同年级挤在一间屋子里上课，只有一位老师。屋子的窗户特别小，晴朗天气屋子里显得阴暗，阴雨天就更黑了。土坯墩支撑木板当课桌，凳子是自带的。虽然教室十分简陋，但在孩子们的眼里很神圣。贾秀女是读完小学3年又上耕读学校的。她读过《三字经》《百家姓》，比从未上过学的小伙伴，识的字多，背的要好，考试成绩突出。耕读学校的学生除了学习文化知识外，还学习农技知识，如翻土、播种、捉虫、浇水、施肥等，还学会了割、砍、锄、刨等许多农活。更为可贵的是，他们从小就懂得土地的重要性，知道劳动的艰辛和粮食的来之不易。在那个特殊年代，耕读学校发挥了一定的作用。

贾秀女心疼自己的父母亲，宁愿放弃自己的学业，供弟弟妹妹读书。她从耕读学校毕业，放下笔头，拿起锄头，成了一把劳动的好手。

咸池村，离黄河不远，是个出碱的地方。每年春天，要跟随母亲去碱滩上扫碱。扫回碱来，母亲要用水漂洗后澄清，再把这些碱晾干，可用来发面蒸馒头、洗头、洗衣服。勤劳朴实的母亲对贾秀女影响很大。

"农业学大寨"时，打坝，人推小推车，上多大的坡地，她都是

黄河赤子

一个人推着走；一根扁担，两只柳条筐，她一次能挑120多斤重物。干活，她从来没有偷过懒。可是一年到头，有些人活没她干得多，工分却比她挣得多。每当这时，她就想："我现在吃点苦，受点罪，以后会好起来的。父母常对她说："吃亏是福。"

贾秀女和乔根善是初恋，但可以说是双方一见钟情，在那个听从"父母之命、媒妁之言"的年代，拥有真正的爱情，实属幸运。成家后，虽然年轻时日子过得很艰辛，但彼此的感情很好。即使偶尔发生摩擦，彼此都很包容对方。贾秀女心里有什么不舒服，也不说给母亲听，一来怕母亲为她担心；二来母亲的耳朵听不见，在母亲34岁时，因为过度操劳得了中耳炎，没有得到及时治疗，最后聋了。她很体谅、心疼母亲，是个孝顺女儿。

二

婚后的女人，生儿育女是她们的职责。贾秀女养活两个孩子生活上的压力已经很大了，等有了第三个孩子时，正赶上乔根善外出打工挣钱。那时候，已经开始实行家庭联产承包责任制，家里每人分得6分地，总共不到4亩地。她一边带孩子，一边种地。

喇嘛湾气候宜人，四季分明，蜿蜒逶迤的凤凰山挡住了寒风侵袭，形成独特的小盆地气候。山上寒风刺骨，山下风和日丽，是全区适宜农作物生长的地方之一。乔河畔村的地是水浇地，种什么长什么。所以，贾秀女把种好地当成天大的事。再苦再难都一个人扛着,从来不让乔根善分心。

贾秀女在地里干活,常常是带着大的,背着小的。正月一过,她就将沤好的粪运到地边,再把粪分成小堆,堆到地里。耕地前,用锹把粪铲开。耕地时,一个人耕,牛拉犁,人扶犁。种豆子、谷子时要用耧,套上一头牛,需要一个人拉车,一个人摇耧,种子才能从小洞撒入土壤,她只好请亲戚帮忙。种玉米,用锹挖小坑,将玉米种子点2棵,用脚踩实。20天左右,苗出来了。此时需要去间苗,两棵都出来的,要拔掉一棵。一个月左右,锄一遍草;天如果不下雨,就要浇水;杂草多时,再锄一遍草。

乔根善出门做工了,贾秀女留守在家,除了种地、照料3个孩子之外,还担心2件事情:一是丈夫的安全;二是缸里的米面有无见底。缸里的米面总是下得那么快,贾秀女常怀"巧妇难为无米之炊"的烦恼。虽然村里好多人摆不脱"吃了上顿没下顿"的窘境,但是生活稍好一些的邻居朋友常给乔家一些接济。这些都在他们夫妻的心灵上播下了友善仁慈的种子,后来在他们的生命中开花结果。

麦子黄了。黎明的风带着像纱一样的乳白色的气流,轻轻地在麦梢上荡漾着,成群的麻雀从麦田上飞过,清新的香味扑鼻。贾秀女站在田边,望着摇曳着的沉甸甸的麦穗,却犯起愁来:正是收割的季节,眼看麦子落到地里,一个人无能为力。为了有效利用土地,她在麦子地套种着萝卜,又给收割造成一定的困难。麦子熟了,萝卜还在长。收麦子的时候，要三棵两棵一起拔，才不影响萝卜的生长。万般无奈，她只能托人捎信让正在外地带工的乔根善帮她收麦子。这是第一次，也是唯一的一次向丈夫求救。

在农民工的帮助下，麦子总算收回来了，一亩地收100多公斤。这点收获和她所付出的劳动不成正比，可她很满足，收获虽不多，但总算有了白面，过年过节可以吃几顿饺子了。

田里总有干不完的活，家里的家务活也是个无底洞。有一年，她为了背起装有100斤东西的麻袋，结果力不从心，闪了腰。当时没有在意，回去让乔根善的奶奶揉了揉。多年后，她的腰间盘出了毛病，才想起这件自己年轻时的小事。

当乔根善遇到挫折的时候，贾秀女总劝他："路是自己走出来的，越害怕越容易无路可走，在哪里跌倒就在哪里爬起来，看清前路继续走。"

三

回想起"东华商砼"走过的风风雨雨，贾秀女感触颇深。这个18岁嫁给乔根善的女人，无怨无悔，一直深深地爱着丈夫。

贾秀女对丈夫信任且满意。如今，有钱的男人有几个能像乔根善这样感情专一，能像他这样珍惜感情呢？有人问乔根善怎么做到的，他说："男人嘛，要有个男人的样子，不能那么花心，我身边的男人个个都是如此。"

贾秀女对丈夫的感情，不单是女人对男人的爱，还包含着一个生活在黄河边的女子对不平凡的黄河汉子的崇敬。乔根善想干一番事业，无论他选择做什么，在他当木匠、跑运输、办企业的时候，她都是支持的。

自从丈夫创办民营企业之后，她才发现创业的艰难，丈夫哪是什么企业家啊，完全就是一个大民工。每天丈夫从工地回来，总是浑身是土，满脸汗渍，两眼血丝。她真的很心疼。她暗想：吃苦受累好忍，总比跑运输时赔了钱想跳黄河强多了。

印度诗人泰戈尔说过："想行善的人是敲别人的门，但爱别人的人会发现门是开的。"贾秀女那扇关心和爱护别人的门总是敞开着的。

在生活中，贾秀女把公司的员工当亲人一般。买来洗衣机，她给他们洗衣服；有人病了，她让伙房做可口的饭菜，还主动垫钱给民工看病，使他们感到家一般的温暖。她还在公司大院里养了猪，种了菜。除了自己的食堂吃，每逢过年过节，还要给家在当地的员工分肉和蔬菜，她说："这些都是绿色的、有机的，吃着放心。"

贾秀女年轻时，在庄稼地里讨生活；年长时，又在丈夫的公司里忙里忙外。她没有退休，也没有外出旅游。不是没有钱，而是因为没有时间。人这一辈子，无论你遇见谁，都是你生命里应该出现的人，都是有原因或有使命的，这个人一定会为你做些什么，遇见爱是你的福气。

对你好的人，是来温暖你的，使你在寒冷的时候不心凉，遇事的时

黄河赤子

候不慌张，低谷的时候不气馁。他们身体力行，告诉你什么是担当、果敢、负责和善良。他们让你的心充满阳光，感觉未来的路平坦，一片光明。对你好的人，是你生活里的日月星辰，陪你走过每一个春夏秋冬。

后来，孩子们大了，上学的上学，工作的工作。贾秀女突然闲了下来，又感觉好多毛病缠上了身，她想自己就是忙碌的命。乔根善整天忙着自己的事，从来不管家里的事。有段时间家里成了乔根善的办公室，晚上经常二三十人开会，贾秀女就成了他们的厨师，边开会边吃饭。那时家里日子过得紧，乔根善挣的钱全部花在了吃饭上。

再后来，乔根善有了钱，本来以为日子会舒心些了，老两口可以享享福了，可是丈夫还是忙碌得停不下来。贾秀女就去帮丈夫料理公司的事，再次成了他的好帮手。

也许是成年累月的操劳和担心，贾秀女霜染鬓发，皱纹上脸。那灵巧而有些粗糙的双手，颤抖个不停。乔根善忙得停不下来，后来乔东带着母亲去求医，结果是母亲得了原发性手抖，没法根治。

但贾秀女感觉生活很幸福，孩子听话，丈夫对她百依百顺。

有一年两个人的结婚纪念日那天，孩子们准备好好给父母庆祝一下。纪念日到了，可是连乔根善回不回家也没有消息。

等到贾秀女和孩子们赶到工地时，看到乔根善正满身是土在铲车的中间比比画画，指挥着铲车作业。贾秀女对他的满腹怨气，顿时转化成了爱，看着劳累的身影十分心疼，同时感到非常幸福。她感觉站在机械队伍中的丈夫，是那么渺小，但又那么高大。

那天,儿女们在工棚里为父母过了一个特殊的结婚纪念日。看着丈夫大口大口地吃蛋糕的样子,贾秀女流下了幸福的泪水。女儿乔华最理解母亲的感情,父亲这么辛苦,她感动得眼含泪水,于是深情地演唱了一首《父亲》:

> 总是向你索取却不曾说谢谢你
> 直到长大以后才懂得你不容易
> 每次离开总是装作轻松的样子
> 微笑着说回去吧转身泪湿眼底
> 多想和从前一样牵你温暖手掌
> ……

跟乔根善生活了那么多年,这个结婚纪念日是贾秀女终生难忘的。

有人以为乔根善现在有钱了,家里的日子一定过得非常奢侈。实际上他们夫妻生活很朴素,每天吃的都是家常便饭。即便在酒店吃完饭,结完账,也会叫服务员打包拿回去。

日子过得很快,贾秀女感觉尤其在中年以后,十年八年好像是弹指间的事;可是年轻时,三年五年就可以是一生一世。她常常哼唱着一首《天仙配》:

> 树上的鸟儿成双对,绿水青山带笑颜。

黄河赤子

随手摘下花一朵，我与娘子戴发间。

从今再不受那奴役苦，夫妻双双把家还。

你耕田来我织布，我挑水来你浇园。

寒窑虽破能避风雨，夫妻恩爱苦也甜……

第六章

齐家之本

俗话说：家和万事兴。它表达了中国人对于家庭和睦的重视。和顺，为齐家之本，是家庭和谐美满的秘诀。家庭要充满祥和之气，家和万事才会兴。

一

乔根善是两子一女的父亲，现在孩子们都已成家立业，都有了自己的儿女。身为人父，乔根善深深感觉到自己的"严重失职"。在有了孩子之后，为了养家糊口，他四处奔波，无力顾及孩子。

乔根善的父亲曾留下不少教诲，譬如"耕读传家""父慈子孝"的祖传家训。然而，这些他无法传承给子女。发生在他身上最平常的情景

黄河赤子

是：他回家后，孩子们都睡觉了；他走了，孩子们还没起来。在孩子们小的时候，教养孩子的事都落在妻子的身上。不过，这位自认为"严重失职"的父亲谈起自己的子女时还是颇为欣慰：他们不惹事、不铺张浪费。如果不告诉你他是乔根善的孩子，你根本就不知道他们家庭富足。

子女长大成人后，乔根善对他们很严格，但也给了他们很大的自由空间。有时候，不用文字表达，父母的身体力行、言传身教也能对子女产生潜移默化的影响。家教良好、家风淳朴、家庭和睦都已沉淀在乔家子女的血脉里，构筑起他们正确的"三观"。乔根善和贾秀女是如何教育影响子女的呢？

凡事要忍耐。"和顺为齐家之本"，所以要有和顺之心。想着如何大事化小，小事化了，如何让家庭更团结。乔根善说："要忍耐，凡事不要只看眼前，要看长远。"乔根善性情豁达，重情重义。他创业成功后，主动扶贫济困。每当有人和他说你有儿有女，为什么不把资产多留给儿女，他就说："我之所以取得这样的成绩，是和党和政府的关心、与群众的大力支持分不开的。自己先富起来，还得保持一颗初心，回馈社会。"

培养独立人格。乔根善认为，教育孩子应该培养他们独立的品格，不能娇生惯养，而且这与有多少家财没有关系。两个儿子的初中都是去外地就读的，初衷是好让这些温室里的花朵，经风雨见世面，稳定根基。乔根善将自己的艰难创业比喻成在岩石夹缝中生长的小树。他说，根基不稳的植物，经不起风雨，不易存活。但即便是夹缝中的小树，根扎得深，就能傲立风霜而不倒。因此他希望，儿子们能够自强自立，独立面对打击，面对困境。他反对孩子依靠父母过寄生生活。有一次，大儿子买了一辆挺好的车，乔根善知道后，打电话说："你赶紧把那辆车处理掉，那车不是你这个身份的人开的。"儿子只好卖掉了那辆车，买了一辆价格便宜的车。乔根善说："千万不能因为自己赚了钱，就让儿子不劳而获。父母给予孩子最重要的东西就是聪明的脑袋、明亮的眼睛和勤劳的双手。"他的儿女都有稳定的工作，能够自食其力，对自己的父亲没有过多的依赖。

勤俭节约。乔根善说："贫困是资本，而不是障碍。一粥一饭，当思来之不易，富贵源于勤劳和节俭。"他经常不厌其烦地教育孩子们勤俭节约，不能浪费一粒粮食。他常和子女说："我从小家里就很穷，你爷爷奶奶没有上过学，所以都不识字。他们对我的教育是从一滴水、一粒米、一根线开始的。我12岁那年，你奶奶去世了，正好赶上'文化大革命'，学上不成了，你爷爷对我说得最多的话就是'三子啊！我不指望你将来出人头地，只要你能把自己想做的事做好，我就放心了'。一个在贫穷中长大的人，不会不知道勤俭的重要。一个努力做事的人，不会不对自己和他人负责的。"贾秀女也是一个勤俭节约的人，她从来不让孩子们浪费一粒粮食，剩下的饭菜也不舍得倒掉。洗锅水不随便倒掉，放在那里饮羊、煮猪食；喂羊的玉米，掉在地上几粒，她也要弯腰捡起来。这样的言传身教为孩子们树立了榜样。让他们真正懂得了"锄禾日当午，汗滴禾下土。谁知盘中餐，粒粒皆辛苦"这首诗的真正含义。乔根善夫妇经常和子女讲这些事情，他们自信地认为自己的孩子肯定比在城市里长大的更能勤俭朴素，更能吃苦，因为他们也是生在农村，小时候也干过活，也经历过生活的不易。对于子女，正确加以引导，他们就会做得很好。乔根善从来不信奉"棍棒之下出孝子"那一套。无论有钱没钱，乔根善节俭的习惯从来没有改变。他为子女、为员工做了一个榜样。

为人正直。乔根善说："我的孩子不管做什么，只要做一个善良、正直、孝顺的人，都是我的好孩子。"这是他教育子女的一条根本原则。在乔根善眼里，孝顺的概念不光是给老人买慰问品，更多的是陪着聊聊天，给老人尽孝。对待年纪大的人，要发自内心地表示尊重。他的子女对家里的老人都很尊敬。

懂得感恩。感谢每一个帮助和关心你的人；记住别人对你的好，时常帮助别人，助人为乐，不计较个人得失，勇于奉献。不懂得感恩，就会像无源之水，很快就会干涸。

用心做事。子女每次回家，临走前，乔根善夫妇总不忘叮嘱："要拿工作当事业干，不能对不起这份责任，更不能对不起自己的良心；与同事相处，要以善当头，不卑不亢，才会事事顺心。"这些短短的话语，映衬出乔氏家族代代相传的家训，这无言的教育化成无形的力量，激励着他的子孙后代……

作为晋商乔氏的后代，乔根善从祖辈那里继承祖训：在生意场上"以诚为本，童叟无欺"。这种"和为贵"的思想渗透在生意的点点滴滴中——宁舍银钱，不结冤家；乐善好施，接济穷困。这些祖传下来的严明规矩，时刻鞭策着乔根善。

"乐善好施、忠诚守信、知书达理、谦和忍让"是山西祁县乔家的家风。如今，这个家风家规在乔根善及其子女的身上完整地传承下来。这中间起作用的，除了家庭的血脉遗传，更主要的是长辈们的言传身教，日常生活中的耳濡目染。乔根善的3个孩子，从来不出去惹事儿，没有一点儿恶习。乔根善常说："孩子们好，就是做人最大的成功。"

二

张关于是乔根善的亲家。1999年的一天，介绍人来张关于家给他的二女儿张彩霞介绍对象，对方是乔根善的大儿子乔东。面对突如其来的说亲，张关于表示，我认识乔根善，但没有什么私交，让两个孩子见个面，他们能相处，我没有意见。之后，乔东和张彩霞见了一次面，两人开始交往。在交往中，他们彼此建立起感情，于2000年订婚，2001年结婚。

成了儿女亲家之后，张关于和乔根善有了一些交集，对他越来越了解。乔根善重情重义，创业成功后，主动扶贫济困。乔根善常说："我先富起来，还要保持一颗初心，回馈社会。有个好吃懒做、贪图享受的子女，才是真正的丢人。"

张关于认同乔根善对子女的教育，认为有3点值得称道：一是教育及时。把不良苗头制止在萌芽状态。二是诱导得法。通过晓之以理，让子女知错改错。三是态度坚决。决不能因一些小事，而忽略子女可能染上的不良思想，从而帮助他们克服不足之处。并且教育他们低调做人，高调做事，多做善事。

乔根善性格特别直爽，看不惯的事情就要说，眼睛里不能揉沙子。两次大病之后，他的性格变得温和了。他每天早晨5点起床，把所有的工程上的事都安排好，转完工地，才回来吃早餐。

良好的家风在各个小家庭中传承着。每年正月初三，乔根善都要把3个儿女亲家的几大家子请来，坐在一起，举行一次家宴。大家庭成员有事共商、遇事同扛，用真诚、宽厚、孝贤、和睦的良好家风为子孙树立好榜样。

有一次，乔根举起酒杯，开始说："《名贤集》有言，'家贫和也好，不义富何如？''积善之家，必有余庆；积恶之家，必有余殃'。家和万事兴。'和'是齐家之本。家，不仅是一种情感牵挂，更是一个人安身立命、修身立德的起点。和合文化是中华人文精神的核心和精髓。家和万事兴体现了中国传统文化中的和谐融合关系，展示人们向往和谐美满生活的愿望。家和则家庭兴、家族兴、家国兴、万事兴。我们是一个大家庭，必须要团结起来。"第二层意思是，对子女要严格要求。他说，我们光景过得很好，我们要拿出钱来帮助那些弱势群体。第三层意思是，教育孙子、外孙好好学习。乔根善常对3个子女说："我和你妈虽然没有读多少书，可你们年轻人如果不上进，那就是很可悲的事情。"

听完父亲的一席话，乔东端起酒杯来，说："在我们的成长过程中，爸妈从来不大包大揽，引导我们树立正确的金钱观以及自主意识，使我们迅速适应社会，健康成长，没有成为只会啃老的巨婴。在这个世界上有很多美好、温馨和宝贵的东西值得我们去关注，比如自己的健康，比如家人的冷暖……我替父亲向在座的长辈们敬杯酒。祝你们新春快乐，健康长寿！"

听到乔东说这样的话，乔根善觉得自己的大儿子，已经成熟了。乔东出生在喇嘛湾乔河畔村，毕业后参加工作。曾任公路段段长、海事局副局长、信访局局长。2021年3月，调任喇嘛湾镇人大主席。乔根善为有这样争气的儿子感到骄傲！

乔根善深情地说："乔家的家训是求名求利莫求人，须求己；惜衣惜食非惜财，缘惜福。我这一辈子，谨遵家训，该做的都做了，所以不会后悔。面对如潮的真情心里平添了沉重的遗憾——我多么希望我能给大家做更多的事情啊！我的生命里有两件最大的偶然事件，一是出生，二是生的那两场大病，这两件事完全不受我的支配。除此之外，多大多小的事儿都是我自己的选择，这也就断了埋怨别人的后路。两场大病疼得死去活来，但奇迹般说好就好了。再生的不易使我重新审视生命，我又能全身心地投入到工作中了。我想多挣一点钱，去完成我的公益事业。如今，年逾古稀，内心的平衡力接近了荣辱不惊。唯有激情，愿它永远属于我。"

黄河赤子

张关于说:"你一辈子都在兴致勃勃地追求事业、目标和理想。可别忘了照顾心里的一点绿色的自留地,别忘了留点时间和亲人、爱人一起做梦、一起圆梦,别忘了留点时间和老友们'扯闲篇'。"

酒桌上,他们对几个问题达成共识:每个人都有家庭,都有亲人。亲人之间做到和睦相处也是一门学问。亲人之间不欠4种账:

一是不欠经济账。俗话说,亲兄弟明算账。糊涂账时间长了,会造成心里的阴影。二是不欠责任账。人生就是一个大舞台。在亲人之间,我们可能扮演着不同的角色:孩子、父母、夫妻、兄弟、姐妹……每个角色都有自己的责任和义务。作为人子,就有孝敬、赡养老人的责任;作为父母,生儿育女,就承担着抚养、教育孩子的责任;作为夫妻,执子之手,与之偕老,有忠诚和宽容的责任;作为血浓于水的兄弟姐妹,有相互扶持和帮助的责任。这些账不能欠。三是不欠人情账。和朋友相处,不欠人情账,要有良心,加倍回报。四是不欠时间账。亲人并不会要求你有多大成就,对家人而言,只要一家人团团圆圆,身体健康,无病无灾,和和睦睦过日子。吃粗茶淡饭也比吃山珍海味有滋味,不要到了"子欲孝而亲不待"的时候,才去追悔。尽量抽时间多陪陪亲人,不要欠亲人的时间账。

还有不做4件事:不在亲人面前炫耀;不过问亲人的私事;记得感恩,偶有困难和麻烦,需要身边的亲戚朋友伸以援手。事后,一定要记得感恩他们;不要说亲戚的伴侣不好。做到这样,才能让一个家庭更加稳固和谐,家庭和睦才能更兴旺,"家和万事兴"。

家,人生开始的地方;国,人生理想的源泉,精神成长的沃土。乔根善虽然富有,但信奉的不过还是基础款的生活:一套房子、一部车子、一位伴侣、儿女双全。房子不是豪宅,车子也不是名车,伴侣不离不弃,孩子听话不惹是非。能把基础款生活过好的人,是把生活当成一种理所当然的事情来经营,并且乐在其中,这就拥有了浓厚而丰润的气场。

一家人,什么最重要?是锦衣玉食的生活吗?是用之不尽的财富吗?都不是!应该是父母、伴侣、孩子;是一家人在一起,齐心协力,和睦相处,把日子过好,把亲情稳定。若一家人不能和睦相处,就算大富大贵,也心如死灰;若家庭没有欢声笑语,就算锦衣玉食,也枯燥乏味。有"和"才有"兴"。"和"就是和气、和谐、和美。不要生气,不要吵闹。一来会伤和气;二来会伤身体;三来会影响工作和家庭。一家人和和美美地过日子,大事化小,小事化了,不要为神伤气,保持一种积极乐观的精神状态,这样才能事业发达,家庭兴旺。

乔根善始终秉承家国情怀,把个人价值的实现与国家民族的命运紧密地联系在一起,把自己的人生融入实现民族复兴的历史洪流中,把个人的小家融入国家的大家之中,把家国情怀转化为奋斗激情,并为之奋斗与奉献。

第七篇

直挂云帆济沧海

老当益壮,宁移白首之心?穷且益坚,不坠青云之志。

——王勃《滕王阁序》

黄河赤子

岁月不居，时节如流。回望过去，乔根善艰苦奋斗的点滴，成就了他今天的一切，时间见证奋斗者的脚步……

作为跨时代的创业者，他每做一件事情，不仅眼光独到，而且其背后都闪烁着一种思想光芒。他把个人理想融入民族复兴的伟大实践，敢闯敢试，敢为天下先，敢于承担风险，能在激烈的市场竞争中勇立潮头，永不言败。更难能可贵的是他致富思源，奉献爱心。

作为共产党员、人大代表，他坚定信念，守住初心，即使身患重病，也扎扎实实做好自己认定的事情，为家乡发力，他的慈善事业从来没有止步。

时代变迁，薪火赓续。站在时间的节点上，乔根善在黄土地上又展新画卷，大兴种植养殖业，继续造福桑梓，回报社会。他用一颗赤诚之心完美地诠释了"有梦想、有野心、有实干、有担当"的创业精神。

奋斗，是他最亮丽的人生底色。他的生命因此变得厚重而丰满；他把有限的时间化作永不停歇的脚步，沿着创业奋斗之路，从青春走到华发，以"在状态""善作为""怀梦想""多奉献"的姿态，肩负起时代使命砥砺前行，这一路走得很充实，走得很坚定。

只要心在不断飞翔，路就不断向前延伸……

第七篇　直挂云帆济沧海

第一章

"逆行"在火灾一线

每到清明节,大家都觉得在迎接一个新的春天到来,纷纷扫墓祭祖缅怀先人,祈求祖先保佑。

一

2019年4月5日,又是一个清明节。4月的天气多变,风沙也大。

俗话说:"物有报本之心,人有思祖之情。"每逢清明节、冬至、春节,我们都会祭祀祖先、追忆先人。《论语》有言:"慎终追远,民德归厚。"这其实是教导我们要做一个厚道、孝顺、感恩的人。祭祀祖先就是在知恩报恩,缅怀祖德。

每年的清明节,按照当地的乡俗,家家都要上坟,乔根善家也不例外。他把祭祀当作一堂弘扬孝道文化的家庭教育课来上。他认为，中华传统文化的根是"孝道"跟"悌道"。而孝、悌是做人、做事之根本。"孝"是个会意字，意思是上面一半是个"老"字，下面一半是个"子"字，指上一代和下一代是一体的，分不开的。上一代还有上一代，表示过去无始；下一代还有下一代，表示未来无终。无始无终是一个整体。

每年，乔家的祭祀活动总是安排在清明节早上9点到下午3点。9点刚过，乔根善就带着儿子乔东、乔二东，从清水河县城关镇的家中出发，回到喇嘛湾镇乔家祖坟祭祖。老远就看到坟地被一片郁郁葱葱的松柏树包围着，形成一派亮堂的绿色。每当人们看到这片坟地，总要问：这是谁家的坟地，这么有生气。

那天上坟，乔根善想在祭祖的同时，还要向祖父母、父母诉说一下家里的情况，告慰他们。

小车行进在弯弯曲曲的山路上，一路颠簸着。看到人们不约而同地奔走在上坟的路上，乔根善不由得想起唐朝诗人杜牧写的《清明》：清明时节雨纷纷，路上行人欲断魂；借问酒家何处有，牧童遥指杏花村。往年的清明节都是雨中行，今年却是风大雨少。

清明节的意义，当是追思生命源头和担当生命责任。正如《孝经》中所说："立身行道，扬名于后世，以显父母。""立身行道"，就是要好好做自己，同时也要为社会做贡献。"扬名于后世，以显父母"，就是要让世人因为我们的付出和成就，而感恩我们的父母乃至历代祖先——这才是真正的大孝。中国古人讲"祭神如神在",那个神是祖先,不是别的。祭祀祖先的意义是教导人不忘本,所谓"返本报始",这是人道的大根大本,是教人诚敬忠信、爱人如己。

车子停下,乔根善带着两个儿子来到坟地。春风起,天气燥。群众清明祭祖的活动,稍有不慎就会引发"火烧连营"的火灾事故。乔家响应政府的号召没有烧纸,他们把水果、点心等贡品摆好,跪下磕头。乔根善倒了3杯酒放下,和祖父、祖母叙起旧:"这些年,无论干什么事情,我都是向先人们一样,以善为本,以德为先,先做人后做事。你们是我的榜样。无论有钱没钱,首先要行善积德。请先人们放心,我绝不会辜负您们的希望,我不光要做好自己的事情,还要为乡亲们做一些实事,不会给您们丢脸的!"

一股风刮过来,像一只手在坟头上抚摸了几下,又向前方滚滚而去。

乔根养站起身,把3杯酒洒在坟前。

告别了祖坟,乔根善来到父母的坟前。他们摆上供品,跪在地上,磕了3个头。乔根善说:"妈,我想你了。"他哽咽着,说不出话来。他用手抚摸着两位老人的坟头,像在和老人们挥手告别。突然,他的手机不合时宜地在口袋里响了。

乔根善站起身,边掏手机边说:"肯定有什么急事。你们先和爷爷奶奶唠唠家里的情况,我去接电话。"

乔根善走到路边,接通电话:"喂,你好!"

黄河赤子

电话里传来急促的求助声："乔总，老牛湾镇的山坡上，因为有人将一堆锯末子点着，狂风将火刮到附近的松树林燃起了大火，南面是一大片经济林，种的是海红果。火势迅猛，请乔总的施工队伍来帮助灭火。"乔根善说："书记，我知道了，我们公司有一支'义务应急救援队'，哪里有危情就出现在哪里，我们将以最快的速度赶到火灾现场！"

乔根善看看天，风刮起来了，人都有点站不稳。

此时乔根善信心百倍。不管遇到多大的困难，他都会从容面对，表现出黄河汉子宽阔的胸怀和黄土地厚重的耐性。从他严肃的神情可以看到沧桑岁月磨炼出的刚劲。

二

火情就是命令，救灾就是责任。乔根善接到求助电话后，他想起自己在附近修路的一支施工队伍，急忙打电话给王仝良："老牛湾镇的一个山坡上起火，你们赶紧停下手中的活，迅速去抢险。"

王仝良问："乔总，去多少人？"

乔根善说："有多少去多少，我马上带人赶过去。"

王仝良立即组织修路的工人，带着灭火工具赶赴火灾现场。

乔根善和两个儿子急忙下山，回公司组织人员赶赴现场开展灭火工作。

乔根善出动了所有停在公司院内的重型机械,他嫌挖掘机跑得慢,就用大拖车拉上,把3辆洒水车都开上,带领一支队伍奔赴火灾现场。

半山腰一个村子起火了,周边树木密集,火借着风势蔓延。王仝良带着工人先到,因风较大,仅靠灭火器,火势很难控制。大火从一丛茅草攀上一棵油桐,追逐着把绿色的松柏烧黑变焦,大火卷起灰烬,掀起热浪,炙烤着每个人的心脏。工人们在他的指挥下,争分夺秒,奋力扑火。他们顶着滚滚浓烟,开着灭火器,挥锹铲土扑着火点。

此时,乔根善带着队伍,携带灭火装备赶到火灾现场。他向群众了解情况,研判火情。根据风向、地形特点,将工人分成破障、灭火、侦查3个小组展开行动,果断采取分段切割、打清结合、分割阻隔、水土灭火与常规灭火相结合的战法,清除火源。面对坡陡谷深的环境,救火人员没有丝毫犹豫,争先恐后地冲上火线,投身到这场艰苦的战斗中。由于风向多变,风力瞬间可达六七级,如不及时扑灭,附近村民的房屋和毗邻的千余亩经济林将毁于一旦,后果不堪设想。大型器械挖掘机、洒水车都派上了用场。此时苏云才开着挖掘机进入火灾现场,用挖出的土将火扑灭,然后开着挖掘机向山坡上灭火。风像一条直立的长龙,脚踩着山坡,头顶着天空,越过小树、沙岗,损毁着一切。人们正在竭尽全力灭火,可是山上种着松树,油性大且特别易燃,山火借着风势吹过来,一着就是一大片。如果火势得不到控制,很快就会烧到那片种着海红果的经济林。此时苏云才开着挖掘机伸出长长的手臂,冒着生命危险,硬是挖出一条隔离带。

黄河赤子

在大风天灭山火是十分危险的事情，因为灭火人员不知道火会从哪里扑过来。山坡上，地不平，装载机没法铲。王仝良身背灭火器，带领队员冲在前面，丝毫没有退缩。他们只有一个信念：乔总指向哪里，我们就冲向哪里！

在灭火过程中，他们顶着炙热的高温和浓烟，在多方努力和协同配合下，从下午2点一直战斗到晚上，有效阻止了山火蔓延。

晚上7点，乔东给大家送来鸡蛋、面包、榨菜、方便面以及保温壶等。

乔根善对工人们说："你们辛苦啦！饿了吧，快来吃点东西。"

工人们齐声说："谢谢乔总。"

王仝良接过乔根善递给他的面包和矿泉水，说："乔总，当初，你让咱们修路用的洒水车全部装上高压水嘴，我还说没有多大用处。在这危急关头，3辆水车都派上了用场，还是你有远见。"

乔根善说："我们修路建桥的队伍是有重型机械的队伍，能量越大，责任越大。哪里有需要，我们都要去支援，这是我们企业必须承担的社会责任。"

大家轮替着吃了点东西，又投入到扑灭余火的战斗中。

面对浓烟烈火，大家无一人退缩，奋力与火魔展开激烈的战斗，最终成功扑灭了山火。

为防止再次复燃，他们采取一线平推的办法，及时清理火源现场，圆满完成灭火任务。

很多人说:"乔根善的队伍就是一支铁军。召之即来,来之能战,战之能胜。"

在清明节这样一个特殊的日子里,这支特殊队伍不惧牺牲、无私奉献,用特殊的付出与担当诠释着信仰和忠诚。

有人问苏云才:"你们这么拼命地救火,不考虑个人灾危吗?"

苏云才说:"我们是知恩图报,乔总对我们像家人、像兄弟,他指向哪里我们就冲向哪里,早已将生死置之度外。我们参加灭火已经不是第一次了,我们都有消防经验。"

2012年的一天,209与109国道交叉路口,一辆油罐车和一辆拉煤车相撞起火,火势汹汹。有人给乔根善打电话,请求帮助灭火。乔根善指派苏云才带人前去支援。苏云才开着挖掘机火速赶到事故现场,用土扑灭了火。事后,公路管理处送来一面锦旗:"紧急驰援联手抢险显真情;精良装备公路抢险展神威。"

乔根善的这支抢险队伍并非专业的救援队伍,但他们的水车是加满水的,汛期备着救生衣,随时做好抢险准备。他们先后多次参与灭火、抗洪、山体滑坡、除雪保通等抢险救援任务。在清明节这个特殊的日子,他们第一时间"逆行"在灾情一线,不畏艰险,连续奋战,勇扑山火,展现了英勇顽强、敢打硬仗的战斗作风。

2019年,乔根善在公司成立了"民兵特种机械修理排",由十几个年轻人组成,为应对突发灾难随时准备着,哪里需要就去哪里。

第二章

富泽桑梓守初心

清朝晋陕移民"走西口"到今天的喇嘛湾红旗村处,开始生产经营,后形成村落。因生产经营的特点和相关历史原因,成村3处,即拐上、乔河畔、前营子。"农业学大寨"期间,喇嘛湾生产大队名为前进、跃进、红旗。红旗村因此得名,并沿用至今。红旗村管辖4个自然村,占地面积3平方千米,拥有耕地776亩、森林6113亩、草地466亩。总户数1004户,总人口3080人,以汉族居多。农民多从事运输、餐饮及相关附属产业,从事传统种植的较少。

乔根善生在黄河边,长在黄河岸。受黄河文化和黄河精神的浸润,乔根善骨子里有一种博大的善济天下、回报家乡的拳拳之心,并为他日后养成"穷则独善其身,达则兼济天下"的性格,埋下一颗善良的种子。

乔根善常说:"我从小就是泡在黄河里长大的,黄河养育了我家几代人,让我脱了贫,生活有了奔头。"创业成功后,他以兴家报国的情怀和富而思进的责任担当,向清水河、向喇嘛湾奉献上一颗赤子之心。

一

在乔河畔村民的眼里,乔根善绝对是个可圈可点的"话题人物"。以前,他是个连几元学费都交不起的农家穷小子。可他通过养大车、跑运输挣到第一个100万元的时候,他将第一笔款10万元捐给自己的母校。

那时,乔根善的公司规模不是很大,但是忙碌的工人和进进出出的车辆,还是让大家能真切地感受到一个民营企业的活力。公司的对面是他的母校(清水河县第二完全小学,今喇嘛湾镇红旗小学)。望着自己曾经学习生活过的学校,他常常想:20多年过去了,自己已经从小孩子成了中年人,学校却没有多大变化,还是那么几间教室。我跑运输这么多年,日子好过了,应该为母校、为孩子们做点好事。

乔根善这样想着,就穿过马路去找校长邬占富,说:"邬校长,我今天来找你,想为学校做点儿实事。"

邬占富知道他的来意后,高兴地说:"自从我们学校在全省统一中考中夺冠,就成了远近闻名的名校,学生人数猛增,但现在的教室根本满足不了需求,教育局也没钱,我正为此事发愁呢!"

黄河赤子

乔根善说:"学校需要增加多少间教室?"

邬占富说:"2间,建这2间教室,就得花10多万元,对我们学校来说简直是天文数字,想也不敢想呀!"

乔根善说:"这10万元,我来掏。"

邬占富紧紧握住乔根善的手,说:"根善,我代表全校师生感谢你!教室建成的那一天,我要为你举办一个感谢活动。"

乔根善说:"那就不必了,只要把教室建好了,孩子们有读书的地方,我就放心了。"

红旗小学的建设开始了,可邬占富又在为另一件事情发愁。他很想把学校的旱厕改造成冲水厕所,但学校的地不够用。

乔根善知道这件事情后,主动去找邬占富,说:"邬校长,学校的墙外,就是我的储煤场,你需要多大地方建厕所?"

邬占富说:"大概2亩多地就够了。"

乔根善说:"我把这20多亩地无偿捐给学校,建厕所和操场用。"

邬占富再次被感动了,说:"根善,你为我们付出了很多,无以回报,我只有教育孩子们好好学习,来报答你的关心和爱护。"

学校教室建好了,冲水厕所也建好了,操场也建好了。

全校师生有了敞亮的教室和宽阔平整的操场,用上了冲水厕所,个个都兴高采烈的。

邬占富在红旗小学举办了一个庆祝仪式。他把乔根善和他以前的班主任、现在已经是县教育局局长的张学请来。全校师生敲锣打鼓地欢迎他们。

张学局长亲手为乔根善戴上一朵大红花,邬占富亲自为他颁发了荣誉证书,少先队员为他佩戴了红领巾。

张学局长说:"乔根善在这所学校上学时,就是一名好学生,他具有很强的集体荣誉感。"

乔根善激动得热泪盈眶,自己在这所学校上学时,由于家庭出身不好,没有资格参加少先队,看见别人脖子上戴的红领巾,羡慕极了。

那时自己很自卑,觉得自己在学校抬不起头来。他努力学习,不想让人说他是落后分子。今天,他戴上了红领巾,耳边回响起《中国少年先锋队队歌》。

邬占富说:"下面请捐助人乔根善讲话。"

在全校师生的热烈掌声中,乔根善哽咽得说不出话。他平复了一下自己的情绪,说:"冠冕堂皇的话就不说了,我只说几句掏心窝子的话。我小的时候,家里很穷,12岁娘就走了,常常吃了上顿没下顿,晚上饿得睡不着觉,就喝一碗腌菜滚水。村子里的婶子大娘都很照顾我,我经常帮助她们挑水,这对我养成吃苦耐劳的性格起了很大的作用。那时我就在心底许下一个愿望,不能辜负这些对我好的人。那时,我虽然没有你们这么好的条件,能安心地在教室里读书学习,但我喜欢读书。爱迪生说过,天才就是百分之九十九的汗水加百分之一的灵感。当一个小小的信念变成行为的时候,便养成了习惯,从而形成了性格,而性格决定你一生的成败。'不可能'只存在于蠢人的字典里。勤能补拙是良训，一分耕耘一分收获。三更灯火五更鸡，正是男儿读书时。黑发不知勤学早，白首方悔读书迟。希望各位小校友，好好学习，天天向上，德智体美全面发展，继承革命先辈的光荣传统，爱祖国、爱人民，做共产主义事业的接班人。"

邬占富说："同学们，乔根善是你们的校友，是你们的叔叔，从他的身上可以看到，学习不为金钱和地位，只为将来能过上有自信、有尊严的生活。你们一定要努力学习，决不辜负乔叔叔的期望；将来做一个对自己、对家庭、对社会负责任、有理想、有抱负、有贡献的人！"

这个故事发生在1984年，是乔根善印象中做的第一份公益事业。从那天起，他就下定决心，只要能挣到钱，就拿出来做公益，做一个有益于人民的人。

怀有家国情怀的乔根善，有乐善好施、扶贫济困的品性，并为之践行一生。正所谓，事小见思想，一滴水见太阳，乔根善做慈善反哺家乡被广为赞誉。

2018年，由于人口流动性很大，红旗小学的生源日益减少，学校经过多方努力想把学生留下来。在乔根善的倡导下，喇嘛湾3个学校联合成立教育扶贫基金会。他说："我先给捐2万元，3个学校，如果升学率排名清水河县第一名的，给校长奖励5万元，给学校奖励20万元。"

乔根善建议对喇嘛湾镇3所学校的老师，按照"德能勤绩廉"5个方面进行奖励。当时学校的经费比较困难，每年2至3万元的奖励资金都由乔根善捐助。

他还每年对学校购买图书进行帮扶，先后捐资10多万元，图书室里挂着他的照片。

2020年7月3日，喇嘛湾教育发展基金委员会为乔根善颁发了一面锦旗，上书："大爱无疆助力培育英才，心系教育不忘党国之恩。"

邬占富在红旗小学当了近20年的校长，目睹了乔根善对喇嘛湾教育事业的支持，同时他也是一位为人师表的好老师。

有一天，邬占富在回家的路上，被一辆车撞倒，这时候别人也许会喊疼要赔偿。当车主下车问他是否撞伤时，邬占富却客气地说："没事，没事，你走吧！"车主留下一张名片，说："我有点急事，先走了，你有什么事，打电话联系我。"

车主开上车走了，邬占富才发现自己站不起来了，后来被人送进医院，经检查发现他的腿被撞断了，需要住院治疗。来探望他的朋友知道事情的经过后，让他打电话找那个车主索赔，可邬占富说什么也不肯。

俗话说，好人有好报。令邬占富吃惊的是，有一天，那个车主居然来医院看望他。原来，车主是公路工程局的，他办完事，回到出事地点，被撞的人已经不在了。经过多方打听，他才知道人被送进县医院。他俩都是实在人，因为这件事成了好朋友。邬占富退休后，朋友就让他去自己的公司帮忙。他这个清贫一生的教师，也能再次发光发热。

邬占富回到喇嘛湾后，老两口开了一个小小的烧卖馆。他也向乔根善那样做慈善，多年坚持为70岁以上的老人免费提供早餐。

邬占富建成一个"红旗村党员群"，乔根善也在此群中。他一直关注着乔根善企业的发展和他为家乡做的好事。他在群中发过一篇励志的微信：成功和优秀都是被逼出来的。这世界上没有谁天生优秀，都是自己不断学习、不断坚持的结果。辉煌的背后是无尽的付出，幸福的背后是无数的努力。

二

厂兴家富后的乔根善不忘反哺家乡。他投资绿化造林、捐资教学、修桥筑路、资助学生，做了许多好事，得到乡亲们的赞扬。但是也有人说："原先村里的人怎么对待你爷爷、你父亲的，你现在为什么还要帮助他们？"乔根善笑笑说："过去是形势所迫，不是他们和我家有什么仇怨。作为一个正直的人，就要记人之长，忘人之短。没有乔河畔的父老乡亲，就没有我乔根善的今天。感谢那些磨难的经历成就了我，能为家乡出点力我很欣慰。"

从创立清水河县黄河机械化运输有限公司开始，乔根善闯荡出自己的事业，有了干其他事情的资本。

乔根善的公司搬到县城之后，原先的公司用地就闲置下来。进城以后，他住进了楼房。每次回到村里，看着乡亲们还住在低矮的、年久失修的土坯房里，他就有了一个想法：我能不能盖上一座楼，改善一下他们的住宿条件和生活环境？

乔根善是个敢想敢干的人。等公司在清水河县城立稳脚跟后，他就开始筹划在喇嘛湾镇盖楼的事情。他把公司原址的房子都拆了，又征了几亩地，先后投资2000多万元，历时一年多，建成了东华住宅小区。这是2栋6层的住宅楼，可入住120户人家。为了改善乡亲们的居住条件，凡乔河畔和拐上村的村民，有钱没钱的，只要想住楼的，乔根善都以极其低廉的价格让其入住。小区内配套设施齐全，安全舒适，有规范的物业管理，让乡下人享受到城里人的生活，有许多老人在这里安享晚年。乔根善的父亲和二哥也都住进了宽敞明亮的楼房，过上了衣食无忧的生活。

住进东华小区的村民说："我在土坯房里住了大半辈子，从来没想过能住上这么一间干净、宽阔、明亮、温暖的新楼房。根善又为我们做了一件大好事！"

乔根善说："清水河县政府聚集民生工作，精准发力不松劲，精准扶贫砥砺前行，对生存条件非常困难的村庄实行易地搬迁，社会扶贫一竿子插到底。我们喇嘛湾乡'举头山连山，脚踏大深沟，地是半亩平，出门就爬坡'，居住环境比较差，能为家乡做点儿实事我很欣慰。"

这是乔根善用心用情，急群众所急，想群众所想，以解决他们最直接、最现实的利益为抓手，所做的可圈可点的善举的一个缩影。

虽然乔根善的公司进城发展了，但他仍保持着当初创业时的简朴的生活作风。他的内心从来没有离开过家乡，离开过黄河。他对家乡的山水草木、父老乡亲有着难以割舍的感情，常怀想要回报社会、回报家乡的感恩之心。

第三章

人大代表显风采

2020年1月8日,乔根善做客呼和浩特广播电视台《青城纪事》——《我是共产党员》栏目。主持人说:在呼和浩特市清水河县,有这样一位民营企业家,先后投入上千万元,在家乡修路建桥、捐资助学,用善行善举传递大爱无疆,用无私温暖演绎人间真情……节目中,主持人问:"我还听说一件事,听说您从2013年开始,每年花60万元给村里的老人买米买面,有这样的事吗?"乔根善通过讲述,把人们的记忆拉回那些捐资助粮的岁月。每年春节前夕,乔根善向清水河县8个乡镇的贫困户和65岁以上老人,捐赠白面和大米的"人大代表在行动"仪式,已成为清水河县的一道亮丽风景线……

第七篇 直挂云帆济沧海

一

冬天，有一种特别正式的季节感，它蕴藏着生命的真谛。清水河的隆冬时节，寒风刺骨，滴水成冰。然而2019年12月15日，虽寒风依旧，却冬阳日暖。这个冬天里别样的温暖来自聚集在乔根善身上的一种内心的善良和坚守。

这一天，金都商场门前，张灯结彩，彩旗飘扬，呈现出一派节日气氛。永安大街上，拉着白面和大米的大卡车排成长龙，整装待发。一个个鲜红的标语——"人民代表乔根善献爱心""乔根善爱心帮扶显真情""乔根善与困难群众心连心"，在寒冬的阳光下熠熠生辉，光彩夺目。人们像过节一样，汇聚在这里，洋溢着欢声笑语。这是人大代表乔根善的捐赠现场。

乔根善这位先后两次患癌症的古稀老人的这一善举，感动了所有在场的人。他仍向很多年前一样，正在将自己花60多万元购置的白面和大米发放给全县8个乡镇的困难群众，以厚德大爱的拳拳善心，为百姓解困。

时光回到2012年。

秋收时节，乔根善回到家乡乔河畔村。他风尘仆仆来到黄河边，想掬一捧水洗掉满脸的风尘。当看到那晶莹的水花，他又有些于心不忍，下意识地松开手指，任由河水从指缝间滑落。他珍爱这河水，这是生命

黄河赤子

之源，每一滴都十分珍贵。

他站在沿黄大坝，举目远望。阳光温馨恬静，微风和煦轻柔，蓝天白云飘逸，田野遍地金黄，到处是一派丰收景象。从小在黄河岸边长大的乔根善，骨子里有股拼搏奉献、慈善大爱的精神，从而铸就了他明事理、知冷暖的品格。

面对汹涌澎湃的黄河，乔根善的心头起了波澜：作为一名共产党员，并且还是人大代表，我现在脱贫致富了，能为家乡做些什么有益的事情，让乡亲们真切感受到关心和温暖呢？他的脑海里出现许多画面……从父亲的身上和访贫问苦的过程中，他深深感受到：清水河的老百姓太苦了，尤其是上了年纪的人。他们节俭惯了，从来都是地里种什么吃什么，很少花钱去买。清水河是雨养农作、靠天吃饭的地方，大多数乡镇适合种植各种小杂粮，如玉米、莜麦、荞麦、谷子、糜子、黄米等，种小麦的少，更不能种稻子。

母亲在世的时候，无论家里生活多么困难，都会把仅有的一点儿白面省下来，在过年的时候，给全家人包上一顿饺子。饺子是我们中国传统的食物，春节吃饺子讲究在守岁的时候包，辞岁的时候吃。取更岁交子之意，象征着喜庆团圆和吉祥如意。即使是没有多少肉的野菜馅饺子，也代表着意外之财的意思，也有健康之意。

每逢春节，不管穷富，谁家都会吃几顿饺子或猪肉烩菜大米饭。可是，白面和大米不光乡亲们不舍得买，就是舍得也得去很远的粮油店购买，尤其是那些老头、老太太买了也没法弄回家。想到这里，乔根善恍然大悟：对，春节之前，应该给建档立卡贫困户和65岁以上的老人把白面、大米和食用油送上门，让他们过年吃上饺子！这应该是一件能坚持下来的好事情。

很快就要到2012年春节了，乔根善购买了白面和大米，派车送到喇嘛湾镇的贫困户和65岁以上的老人家中，引起了强烈的社会反响。他还亲自把白面和大米送到乔河畔村的家家户户。他来到五嫂张改叶家，感谢她在缺吃少穿的岁月里，对他的关心和照顾。张改叶拉着他的手，激动地说："从你有了出息以后，年年来看我们，这么多年全靠你了。"乔根善说："以后，我每年过年前都会给你们送白面和大米。"乔根善的善举从自己的家乡拉开了序幕。从2013年起，他把覆盖面扩大到全县8个乡镇，惠及所有的贫困户和65岁以上的老人，为的是让更多的人感受到这份关心和温暖。

为把捐赠工作落到实处，每年组织车辆送粮的时候，乔根善都要选择几户亲自上门访贫问苦。

红崖沟村农民王根成和妻子侯翠鱼双双卧床瘫痪多年，生活艰难。每年过年前，乔根善捐赠的白面和大米都会按时送到。记者上门采访时，夫妻俩激动地说："连续5年吃到乔根善捐的白面和大米，这两天他又给我们送上了门，对他真是感激不尽啊！"

2018年，74岁的五良太乡康圣庄村贫困户武二何的丈夫因患肺癌去世。2019年，儿媳妇患胃癌晚期、结肠癌晚期，全家人的悲痛处境可想而知。当乔根善风尘仆仆地将白面和大米送到她家时，她感动得热泪盈

黄河赤子

眶,说:"我吃了好几年乔根善给的白面和大米,今天亲眼见到这位大好人了,感谢好人乔根善,感谢共产党。"

家住红旗山上的曹贵何老人,孙子身患白血病,家里生活困难。她做梦也没想到,乔根善会亲自将白面和大米送到家,她一遍又一遍抚摸着白面和大米,激动地说:"乔根善是大好人啊!"曹贵何一家人感受到关怀、温暖和浓浓的爱。望着心怀感恩之情的老人,乔根善更坚定了要将这件好事进行到底的决心!

有一次,乔根善把白面和大米送到一个村子里去。

村主任说:"我们村有个老太太想见见你呢。"

乔根善说:"想见,行呢。明天,我再拉上白面和大米过来,你领上我去看看她。"

第二天,乔根善一行人提着白面、大米和食用油,在村主任的带领下去看望老太太。

他们走进屋,村主任说:"他就是你最想见的人乔根善。"

老太太见到乔根善高兴地说:"我吃了你七八年的白面和大米了,今天终于见到你了。"

乔根善问:"老人家,你找我有什么事情?"

老太太弯下腰拿出一个葫芦和一塑料袋小香米,递给他说:"这是自己地里种下的,不掺农药和化肥,是绿色有机的,想让你拿回去尝一尝。"

乔根善用双手接过来,激动得泪流满面。他想:穷人还有穷志呢,反哺社会、回报家乡是我的责任和义务。不管花多少钱,我也要把送白面和大米这项扶贫事业进行到底。

为了把捐献大米和白面这件事做得更好,让乡亲们更满意。乔根善多次进行摸索和改进。为让受益群体吃到优质的白面和大米,他与河北的种植户签订了小麦收购合同,与乌兰浩特水稻种植农户签订了大米种销合同。从种植到收获,他都派专人负责这项工作,还在发放白面、大米的专用粮袋上印上"乔根善"的字样,确保质量问题,他会负责到底。

乔根善这一做就是9年,这期间他先后两次身患癌症。2017年底,他身患结肠癌住院治疗,手术前夕,还牵挂着这件事,不惜推迟手术,直到两个儿子把白面和大米送到各个乡里,他才安心接受手术。

2020年,乔根善已年近古稀,他战胜两次癌症,依然坚守在工作岗位上。

在《我是共产党员》栏目中,主持人问他:"乔董事长,送白面和大米这件事情,您准备进行到什么时候?"

乔根善说:"在我有生之年,只要我还能工作,我就要将这项扶贫事业进行到底。"

从2014年开始,随着物价的上涨,乔根善每年用于捐资助贫的资金,已增至100万元,受益群体有增无减。这一桩桩、一件件善举既体现了他的朴素情怀,又体现了当代企业家奉献社会的责任心。他乐于奉献、不求回报的价值追求,引领了社会的良好风气,成为众多企业家学习的榜样。

二

人大代表不仅是一种荣誉，更是一种责任。作为一名人大代表，乔根善始终坚持"人民选我当代表，我当代表为人民"的信念，把履行人大代表职责作为自己的一项重要使命。按照"当代表、尽职责、做贡献"的原则，将"民"放在心中，肩负起为人民群众代言、维护人民群众利益、体现人民群众意愿、努力让人民群众的生活好起来的责任。

乔根善曾任政协清水河县第六届委员会常务委员，清水河县第十三、十四届人大代表，呼和浩特市第十一、十二、十三、十四、十五届人大代表。能连续5届被选举为市人大代表，乔根善既感到骄傲，又感到责任重大。他在25年的人大代表履职经历中，认真为人民办事，与百姓保持密切联系，真正体现出一名共产党员、人大代表的风范。

乔根善说："平均算来，1名代表，2200人中才产生一个，作为群众的代言人，要勇于为他们代言，为他们呼吁。"他是这么说的，也是这么做的。每次活动，他都积极建言献策。为了提高建议质量、反映群众最关心的问题，他深入基层、深入群众、倾听民声、调查研究，使所提建议更贴合实际，被广大人民群众誉为"倾情为民"的好代表。

乔根善历年都按时出席人大会议，对待相关的提案和报告，认真审核，充分考虑到人民的利益，并且根据实际情况，对议案提出相应的建议等。

乔根善在任市、县人大代表和政协委员期间，多年参与市、县政治生活，党和政府给予他崇高的荣誉。他感受到政治、经济、社会的不断发展进步，他为社会努力服务的政治觉悟不断提升。他虽然业务繁忙，仍不忘追求知识，在行业技术研究方面有很高的造诣。他还不断地学习党的方针政策，提高自身理论水平；学习宪法和法律法规，不断提升自我素质；参政议政，努力紧跟时代步伐，推动社会发展。

乔根善提出过许多在道路交通方面有价值的意见和建议。他求真务实的态度，得到人大、政协的肯定。通过议案、提案的办理落实，解决了许多道路交通问题，推动了公路建设和发展，及时保护了人民群众生命和财产安全。同时从另一个层面促进了民营企业的发展。他认真研究党的大政方针，积极宣传党的方针政策，结合本地实际，为群众、朋友提供兴业转型路径。通过自己的努力，他最大限度地尽了一名共产党员和人民代表的职责。

2003年5月6日，是乔根善难忘的日子。这天他从呼和浩特市返回喇嘛湾，在S103省道上遭遇了堵车，被困24小时。拉煤车司机怨声载道。乔根善愤怒了：小轿车都能被困24小时，那拉几十吨煤炭的大卡车怎么办？煤炭运输不畅，地方经济怎么发展？我作为市、县人大代表，我要代表人民发声。

乔根善在20世纪80年代就当过大车司机，每天从准格尔旗的煤矿拉上煤运到呼和浩特市。那时的路况不好，车并没有堵成这样。可当年受的罪、吃的苦，又历历在目，他深知当大车司机的不容易。他深入了解

黄河赤子

堵车情况，原来S103省道呼大公路上每天凌晨4时至9时，都会出现严重的堵车现象，有时长达40多千米。原因是这段路上增设了检测线，而且某些司机无素质，一旦堵车，他们就逆向加塞，直到把路全部堵死。这已经严重影响了人们的上班、出行、日常生活和地方经济的发展。

乔根善如实地给呼和浩特市政府写了一封信，反映情况。

当时牛玉儒刚刚被任命为呼和浩特市委书记。他知道乔根善反映的情况后，为了彻底解决道路拥堵，确保市公路及桥梁的畅通和安全，有效遏制"双超"车辆违法行为，成立了专门领导小组，制订了《路面集中联合治超专项行动工作方案》。以S103省道为主线辐射区域路网，全天严防死守，对造成道路阻塞的"两超"车辆实施严管重罚；相关单位联合行动、密切配合，路政负责对双超车辆进行检测、卸载、罚款，解决了S103省道车辆阻塞问题，保证了S103省道的畅通无阻。

乔根善从贫困起家，历经艰辛，将企业做得有声有色，成为成功的企业家，但他时刻不忘关心社会弱势群体，并给予其力所能及的帮助。他的善举和奉献在社会上并不多见。在承建路桥工程中，因政府资金困难需要垫资，他从不犹豫，立马就去做。看到哪里的路出现问题，该修的修，该补的补，像是在治理自家的路。近几年来，他热心社会公益事业，支持教育，帮助弱势群体，慈善捐款不计其数。提起他，受关怀的人都竖起大拇指，说："再也找不到这么热爱奉献的人了！"

乔根善给人的印象是时刻充满爱心，并且践行爱心。他深知，自己取得这样的业绩，是与党和政府的领导，与群众的大力支持分不开的。

自己先富起来，还得保持一颗初心，回馈社会，这是一名共产党员和政治参与者、建设者的社会责任所在。他联系群众、乐于助人的价值追求，引领了社会良好的风气，体现了一名共产党员的风采。

"根接地气，善行无疆"，乔根善身上涌现出一个民营企业家的大爱情怀。清水河县原县委书记云霖琼说："乔根善是清水河县众多民营企业家、道德模范、身边好人的杰出代表，他作为本土民营企业家，在企业发展壮大后，不忘家乡人民，热心扶贫济困，慷慨解囊，回报社会。他无愧全国好人榜提名这一殊荣。他的这种善举和无私奉献的爱心，影响和带动了清水河县更多的民营企业家，是推动清水河县创建自治区文明县城的一股中坚力量。"

作为一名民营企业家，乔根善用朴实果敢的言行赢得众多赞许。先后多次受到各类表彰：2017年在"万名人大代表助力精准扶贫"活动中表现突出，受到内蒙古自治区人大常委会办公厅的表彰；2017年，被评为呼和浩特市第十四届人民代表大会优秀人大代表；2020年9月，荣获呼和浩特市第十五届人民代表大会优秀人大代表。

第四章

走共同富裕之路

治国之道，富民为始。共同富裕是社会主义的本质要求、奋斗目标和重要使命，也是人民群众的共同期盼。

年近古稀的乔根善仍坚持"以种带养、以养促种"发展理念，帮助年轻人创业，建起有机农业循环产业园，包括生猪养殖区、小杂粮和粮饲作物轮作区、有机蔬菜区，形成"养猪——农田种植——养猪"的循环经济产业链，走生态循环农业发展之路，为共同富裕的实践开辟了新途径。

一

旭日东升，霞光璀璨，秀木繁茂，青山苍翠，在清水河县宏河镇沙也村的昌隆农牧种猪场，伴随着拉饲料、拉生猪车辆的进进出出，又迎来了新的一天。

说到养猪场，给人第一印象是"脏"和"臭"。不过走进呼和浩特市昌隆农牧业开发有限公司，就完全颠覆了此前对养猪场的差印象。这家公司的养猪场有种猪700多头，肥猪2000多头，仔猪1600多头，是呼和浩特市目前较大型的民营自动化养猪场。它是乔根善帮助两位年轻人自主创业建立起来的。

从2014年开始，霍双全和高三占在清水河县宏河镇的河道洗砂，供应乔根善的"商混站"。他们很佩服乔根善的为人，彼此合作很愉快。后因一些问题，洗砂场关停。

两个年轻人上有老下有小，全家指望他们生活。他们想养猪，不知道可行不可行，就去乔根善的公司找他出谋划策。

乔根善看见霍双全和高山占进来，就热情地招呼他们坐在沙发上，问："你们来，肯定有事儿。说吧，找我有啥事儿？"

霍双全和他开玩笑说："我们早听说一句话，'有困难找老乔'。现在真有难处了，想找您帮忙解决。"

乔根善说："有啥困难？"

高山占说："乔叔，这眼看着砂洗不成了，我们想办个养猪场养猪。"

乔根善问："养猪？多大规模？"

霍双全说："想先养上30头母猪。"

黄河赤子

乔根善说:"养30头母猪那能叫养猪场吗?一个农户在家里养30头母猪也没问题。我看办一个养猪场至少养300头母猪。"

高山占说:"对养猪来说,我俩都是门外汉,对这行也不熟悉,弄不好就全赔进去了,再说,我们也没有那么多钱。乔叔,您要是有兴趣,我们共同合作!"

乔根善说:"创业是你们年轻人的事情,你们如果缺资金,我可以帮助你们解决。"

2016年春,在乔根善的支持和帮助下,他们征了109亩土地,已经平整了40多亩。后来因为离焦化厂炸药库太近,被迫叫停。猪场的影子还没见着,一下就赔进去40多万元,霍双全和高山占就想把征地款找农户要回来。

乔根善说:"钱已经发到农户手里,怎么能让他们再退回来,这钱算我的!我给你们出了。"

他们开始重新找地,因地里已长出青苗,只好等秋收以后再启动。

乔根善出生在农村,是地地道道的农民,一直关注着乡村的发展,对乡村产业发展的痛点和短板也有深刻的认识。他深知土壤是农业及产业发展的一个重要基础,但由于过量使用化肥,严重破坏了土壤的微生物生态链,造成土壤板结,导致土壤活性功能丧失,而大型的畜牧饲养又会造成严重的水体污染、土壤污染,使得畜禽粪便成为一个巨大的污染源。在帮助两个年轻人创业之际,他一直在考虑一个问题:如何在保护环境的前提下,带领乡村脱贫致富,实现乡村振兴,走共同富裕之路？想来可以采取种养结合，建设生态循环产业，才能有效解决单一种植造成的土壤板结、单一饲养造成污染的弊端。乔根善经过考察调研了解到，清水河县委、政府一直大力扶持生猪养殖业，有很多优惠政策。借此东风办生猪养殖场，看来这个路子没有错。他有了创办生猪养殖的想法，决定好好把这个项目搞起来。

乔根善对两个年轻人说："这事要么不做，要做就做大做好。只要敢打敢拼，就没有办不成的事情。"这是乔根善在多年的打拼岁月中总结出来的经验，也是他一直以来所信奉的人生信条。正是凭着这种能吃苦、敢打敢拼的精神，他由一名普普通通的木匠成功转型为民营企业家。

乔根善带领他们精心选中一片地，共75亩，涉及农户20多户。听说要建养猪场，有人认为能带动当地村民致富，纷纷表示愿意；有人认为会造成严重污染，表示不愿意。乔根善给他们讲："我们会因地制宜，通过'种养结合，以养肥地'的模式，将养殖排泄物经过处理后用到农田，实现污染物零排放，使养殖环境发生根本变化，还能降低农田大量使用化肥的问题，你们放心好了。"

春节前，他们完成了征地工作。这是一块高低不平的坡梁地，乔根善让公司的挖掘机、挖沟机、装载机等大型机械都开到这里来平整土地。用20多天平整出50多亩地，使这里具备了养猪建场条件。他们站在这块平整的土地上，发现这里的地理优势，地势高，通风好，其实是很适合建养猪场的。

乔根善规划养猪场建设分3期完成，准备边建设边摸索经验，逐步

黄河赤子

扩大规模。

2017年3月,投资600多万元的一期工程开始动工建设。这期间,乔根善带着霍双全和高山占,开车去外地考察成规模、现代化的养猪场,学习养殖技术和管理经验。他们去了山西运城,学习建场经验;去河北保定曲阳六马,观摩种猪养殖;又去河南看全自动现代化养猪情况;还去北京看沿途的设备制造厂。一路走下来,他们大开眼界,心里有了养猪场的雏形。

中国养猪行业经过几十年的发展,已经成为讲究精细化管理、追求效率和效益的产业。现代化养猪倡导"养重于防,防重于治"。养猪受到很多因素的影响,比如营养管理、疾病防疫管理、畜种管理、养猪生产管理等。固液分离机的出现改善了传统养殖模式,改变了长期以来困扰广大养殖畜禽类的污染排放问题。

10月,养猪场建成后,他们从曲阳六马购进300头母猪;2018年4月开始陆续产子,到了年底产仔1600头,全部投入喂养,当年即开始盈利。

在这座养猪场内,我们看不到猪粪,也没有刺鼻气味,内部环境洁净,一排排猪舍整齐划一,划分为公猪舍、怀孕舍、生产舍、保育舍、育成舍等,可以算是"猪的星级酒店"了。

养猪是门技术活,每种猪舍各司其职,有利于猪的生长。在怀孕舍内,一排排钢结构的隔离栏用来饲养怀孕母猪,隔离栏的大小仅容下一头母猪站立,留下母猪往前走两步喝水的空间。对母猪之所以如此"严苛",主要是防止母猪在里面运动,减少饲料消耗,同时也避免运动造成的流产。保育舍相当于仔猪的"幼儿园",地面铺设了电加热设施,保证冬季地面温度维持在37℃左右,给仔猪更多呵护。这里的每栋猪舍均安装了全覆盖式的喷雾消毒系统,可自助完成整个养猪场的消毒;养猪场内还安装了自动降温设施,夏季还可自动控制室内温度。

俗话说,"猪好养、粪难除"。粪便清理往往是养猪场最为头疼的问题。但在这座养猪场看不到猪粪,没有异味。因为采用干清粪便工艺配合污水收集池,利用固液分离设备,将粪制作成很好的有机肥,然后施入小杂粮、粮饲轮作区和有机蔬菜区,为农作物和瓜果蔬菜提供养分。

从2017年3月一期投入建设到2020年三期建设全部完成,猪场持续盈利。而浅尝辄止不是乔根善的个性,向深层次发展才是他的目标。他没有把盈利的钱只用于分红,而是不断扩大养殖规模。他们的整体设计蓝图是:采用种养一体化模式,建成一个年产商品猪1.5万头的现代化、集约化养猪场。

二

绿色生猪养殖,乡村振兴有亮点。呼和浩特市昌隆农牧业开发有限公司生猪养殖基地,呈现一片热火朝天的景象。有的工人在对养殖基地进行消毒,有的工人忙着整理猪栏设备。2018年8月,非洲猪瘟传入中国,东北三省、河北、山东的猪死亡率达30%至50%,导致猪肉价格下降。为积极应对非洲猪瘟疫情,他们将出售台、装猪台移至场外。

黄河赤子

要想进入这座养猪场,并不简单:入场即要经过"喷淋—高温—臭氧"的消毒站,然后更衣、脚踏鞋底消毒……经过多道固定流程后,项目区技术人员才能进入核心养殖区,而一般人员也只能进入主监控室。

清水河县宏河镇高茂泉村位于城关镇以南,距离呼和浩特市120千米,地处黄土高原丘陵沟壑区,面积20平方千米。该村有10000多亩较为贫瘠的土地,农产品产出率较低,农民生活比较困难。乔根善充分利用当地水土资源,带动当地农民发展高效有机循环农牧业,进而优化当地农牧业产业结构,推动粮饲统筹、种养加工一体,实现农牧循环生产。他以呼和浩特市昌隆农牧业开发有限公司为起点,在高茂泉窑村流转出来的万亩旱作农田中,选取3500亩土地作为基地,按照种养结合循环农业建设的标准,建设宏河镇高茂泉窑村有机农业循环产业园区。通过生猪养殖区、小杂粮和粮饲作物轮作区、有机蔬菜区3个区域,建成规模化、标准化的种养殖基地,采用"种植、养殖、加工、肥料"四大产业并举互补思路,形成"养猪——农田种植——养猪"的循环产业链。合理发展有机农作物种植,将粮食加工副产品用于有机生猪的养殖,并将猪粪用于还田,实现粪便污水的"零排放"目标和资源的循环利用。

整个园区采用干清粪便工艺配合污水收集池,利用固液分离设备制作有机肥,施入小杂粮、粮饲轮作区和有机蔬菜区。小杂粮、粮饲轮作区和有机蔬菜区负责生产猪场所需要的饲料,形成生态循环产业链。农作物秸秆大部分收贮加工成养殖用饲草料,少部分粉碎,配合粪污堆沤有机肥,并将多余的粪污制成有机肥,供应周边农田和蔬菜基地,实现环保与经济的双重收益。

从2018年开始,他们连续3年承包政府流传种植地3200亩,种植小香米、黑豆、糜子等作物。

2018年投产后,为建档立卡贫困户均提供优质商品仔猪2头,扶持带动10个专业育肥、母猪繁育专业合作社,专业育肥社规模为年出栏肥猪1000头。

2018年6、7月间,给窑沟乡、城关镇、喇嘛湾镇、五良太乡、宏河镇的贫困户一共提供仔猪1600多头。为了保证仔猪成活,他们建立了保障制度。买猪10天之内有病死的,公司免费提供一头,再次购买20天内有死亡的,再买就半价一头。

2016年以前,霍双全和高山占还是养殖业的"门外汉"。经过乔根善的"传帮带",他们边工作边学习管理经验,现已成为"行家里手"。2018年10月,他们的生猪饲养被内蒙古自治区农牧厅认定为"生猪标准化示范场"。

乔根善说:"帮助农民不能一味地给钱、给东西,必须帮助他们找到致富的新路子。"2021年,公司直接对农户流转3200亩土地,每亩每年100元,仅流转土地费一项可达32万元。养猪、种地的人都从当地雇佣,为农户增收创造了条件。后又以公司的名义和五户农户,建起了"清水河县胜宇种养殖专业合作社",带领村民一起增收致富,走共同富裕之路。

第五章

黄河之子的本色

　　黄河流经内蒙古843.5千米，流域面积15.2万平方千米，沿黄地区包括7个盟市，是内蒙古自治区重要的生态自然保护区。黄河"几"字弯东北角，流经清水河县65千米，整个县都属于黄河流域。杨家川、清水河、古力畔几河等属黄河一、二级支流。

　　清水河县发挥沿黄区域生态历史文化资源优势，以水而定，量水而行，因地制宜，分类实施，着力推进田湖草沙综合治理，保障黄河的长治久安。让黄河成为造福人民的幸福河，这是中华民族孜孜以求的梦想。黄河安澜的美好愿景，最终在中国共产党的领导下长久实现。人类治黄理念是"治河为民，人水和谐"。只有人类的自觉修养能够达到像天一样造福于人类和自然，即"天人合一"的理想境界，才能实现"人水和谐"的理想境界。

第七篇　直挂云帆济沧海

一

在岁月的嬗变中，黄河匆匆奔流。乔根善喝黄河水长大，打心底把黄河像母亲一样敬着。只要站在黄河边，他就心静如水。无论逆流而上还是顺水而下，只有当他同河流保持一致的方向时，才会与这条河有更多的默契。

春暖花开，原本是大自然最美的季节，然而黄河在宁夏、内蒙古河段，春天却是最让人担忧的季节，因为此段曾发生过多次凌汛。"伏汛好抢，凌汛难防。"黄河一年四汛，凌汛、桃花汛、伏汛和秋汛，如同四季轮回，周而复始。除了伏秋大汛，黄河还有更凶险莫测的凌汛。历史上有"凌汛决口，河官无罪"之说，说明凌汛是不可抗拒的自然灾害，也说明防汛比防洪任务更艰险。"二月河开凌解放"，气温先从低纬度河段回暖，冰凌下的水一鼓，把冰块鼓开了。上游来水和下游冰冻水狭路相逢，一路挟带着大量破裂冰块，轰轰烈烈地向下游推进，形成越来越大的冰排。由于冰排的挤压、堵塞，汹涌而下的河水没有出路，河道里铺天盖地地漂满浮冰，在一两天内可堆积起长达数千米长的冰坝，致使下游水位猛涨，极易造成漫滩和堤防决口。

每到凌汛期，乔根善就准备一定数量的防凌机械和破冰工具，放到黄河喇嘛湾最容易形成冰坝的河段，随时准备破冰防凌。

破冰对黄河防凌至关重要，在历年的防凌工作中发挥着极大的作用。根据冰凌的发展情况，事先详细勘察封冰河段的河势走向，根据冰凌预报，确需破冰时可采用实用的破冰方法。其作用是扩大断面，增大排冰能力，疏导冰凌的下泄，减少冰凌堵塞。乔根善组织的破冰队员熟悉破冰技术和安全操作规则，按照"宽河道不破、窄河道破"的原则，选好破冰河段，预测可能形成冰凌卡塞、产生冰坝的河段，掌握破冰经验和注意事项，严格实行岗位责任制，选择好破冰时机，确保破冰工作顺利实施。

在沿黄公路大坝修成以前，乔根善的企业就是家乡的守护神。

二

回顾改革开放40多年来，中国民营企业风起云涌，期间有多少有志之士白手起家，怀揣着理想和信仰，背负着使命和担当，带领一个个企业，在财富的天空中神奇闪现。他们或忠诚智勇，或无私奉献，或开拓创新，通过扶贫济困、捐资助学、修路建桥，帮助百姓摆脱贫困，过上丰衣足食的生活。他们为党分忧、为国添彩、为民争光，留下光彩夺目的形象，像历史上许多民族英雄一样，铸就了中华民族的根与魂。

面对困难群众、弱势群体，乔根善都是有求必应，热心帮助。从20世纪80年代开始，他就有计划地做慈善事业。他的公司成立以来，各类捐助总额累计达1000多万元。

乔根善爱心行：

1984年，为喇嘛湾镇红旗小学建设捐助10万元，用于增建喇嘛湾红旗小学教室；另出让土地20亩，用于学校建冲水厕所和操场。

1985年至今，资助贫困大学生20多名。

1998年夏，向长江特大洪水抗洪一线捐助5万元。

1999年，为清水河县普通高级中学硬化操场投入20多万元，同时捐资3万元用于购买图书。

2008年5月，向四川省汶川地震灾区捐助10万元。

2014年，为清水河县普通高级中学硬化操场投入20多万元。

2017年，为贫困户捐助猪仔款12万元，促使农民通过养殖增收。

2018年12月25日，在"博爱一日捐，大爱满人间"活动中捐赠善款1万元。

2020年2月12日，为清水河县抗击新冠疫情捐助10万元。

2012至2020年，每年购买白面和大米用于春节前慰问全县8个乡镇的贫困户和65岁以上老人，累计捐赠近500万元。

乔河畔村位于黄河岸边，川流不息的黄河水养育了乔根善的性格。正是乔河畔人的深情厚谊帮助他取得今天的成绩，他说今日的善举就是为了回报父老乡亲的真情。望着乡亲们张张笑脸，他感到很欣慰。他知道自己先富起来了，但只有保持一颗初心、守住慈善本身，事业才能走得更远。

黄河赤子

　　乔根善曾多次受到各级政府的表彰奖励：1993年2月23日，被评为自治区先进个体劳动者；2010年，被评为自治区级劳动模范；2014年被评为自治区社会事业爱心奉献先进个人；2017年，经过广大群众的推荐和评议，在"我推荐、我评议身边好人"活动中，先后入选"青城好人榜"和"内蒙古好人榜"，并提名"全国好人榜"；2017年5月，被评为第六届"最美青城人"暨2016年度呼和浩特市道德模范；2019年6月，被评为呼和浩特市优秀共产党员；2015至2019年连续5年，获得清水河县社会事业爱心奉献先进个人奖；2019年3月，荣获全县脱贫攻坚贡献奖。

　　乔根善做好事，不是在做表面文章，也不是要表扬、奖励和荣誉，而是源于发自内心的爱。他常说："我们企业的财富是党和社会给的，我今天把财富回报给家乡、回报给社会是应该的。在回报的过程中，我的心最安然，我的思想和人格得到了升华。"对乔根善来说，各级政府的奖励、所获得的荣誉都是小事，农民工心里的评价、老百姓的口碑最有分量。

　　把关心农民工、回报家乡、回报社会作为一种理想和信念来经营，乔根善不是第一个，也不是最后一个；把这些当作承前启后的事业去做的，并不多见，他完善的是一种道德、一种精神和一种风尚。

尾　声

2018年的一天，清水河县城关镇汽车站，一辆公交车停下来。

从汽车上下来四位老人，其中两位老头，两位老太太。两位老头手里各提着一个牛奶箱，他们站在马路边东张西望。

一位出租车司机把车开到他们身边停下来，问道："打车吗？"

一位老人问出租车司机："你认识乔根善这个人吗？他家在哪里住呢？"

出租车司机问："你们找他有啥事儿？"

老人说："我们吃了他七八年的白面和大米，也不知道他长啥样。听说他生病了，我们想去看看这位大好人。"

出租车司机说："他是县里响当当的人物，你们上来哇，我送你们去。"

老人问："多少钱？"

黄河赤子

出租车司机说:"不要钱。"

老人说:"遇上好人了,谢谢你哇!"

出租车司机拉着四位老人来到清水河县东华商砼有限公司的大门口。

乔根善正在院子里安排工作,听说有人找他,热情地把老人们迎进办公室,让他们坐在沙发上。

乔根善问道:"你们从哪里来的?找我有什么事儿?"

其中一位老人说:"你就是乔根善?"

乔根善说:"我就是。"

老人说:"好人啊!我们是盆地青的,吃你送的白面和大米都七八年了,听说你生病了,我们来看看你。"

另一位老人说:"这两盒鸡蛋是自己家养的鸡下的,你吃了好补补身体。"原来,那两个牛奶箱子里装满了笨鸡蛋。

乔根善激动得热泪盈眶,上前拉住老人们的手说:"盆地青坐落在古长城脚下,那里曾是革命老区,多好的乡亲呀!谢谢你们!"

乔根善让食堂炖了一锅羊肉,炒了几个菜,热情地招待了老人们。吃完饭,他又派司机将他们送回家。

乔根善不是一个爱激动的人,此刻他在屋子里走来走去,语调深沉地对贾秀女说:"这就是清水河的老百姓,这就是革命老区的人民,只要你真心实意为他们做一点儿好事,哪怕就只有一件,他们也会念叨你一辈子。"

尾声

贾秀女说："他们都是懂得感恩的人。"

乔根善说："咱们都是人，人不是为了钱而活着的，而是为了情义而活着的。几个非亲非故的人听说我病了，能从大老远赶来看我。我乔根善活着就是为了这个，老百姓觉得我这个人好，我活得值了。"

"一个人到30岁要把全部时间用来觉悟，如果到30岁不把所有的时间用来觉悟，就是一步一步在走向死亡之路。"就是这样一句话，给当时忙着挣钱的乔根善当头一棒。他不知道何为"觉悟"，于是重新拿起祖父乔厚誊写给他的《名贤集》，反复吟诵，渐渐觉悟。

什么是我们灵魂的根源？有多少人以"仁善"为根？如今，很多人是"无根"的，他们浑浑噩噩地过日子，没有方向，没有梦想，心灵之树因得不到仁善的浇灌而渐渐枯萎，这样的人生是可悲的。有些人也有根，但他们以骄奢淫逸为根，以作恶害人为根，以颠倒黑白为根，这样的根生在污垢里，长满蛀虫，散发恶臭，注定会腐烂消亡。乔根善以善良和仁爱为根，勤劳致富，乐善好施，件件善举汇成一股股暖流，不断温暖着家乡的土地。

乔根善如今已经接近古稀之年，除了工作，他不喜欢到处跑，喜欢静静地待在家里，和几个老友聊聊天、喝喝茶，心如止水地度过平静的每一天。这样的日子，怡然闲适。谈起荣誉，他很淡然。那一张张证书、一排排奖状、一面面锦旗是对他多年来拼搏奉献、勇于担当、慈善大爱的最好回报和见证。可是一谈起工作，他顿时充满激情，来了精气神。因为他把自己秉承的理念作为企业文化来践行，笃行不息。

乔根善常常反思：活着是为了什么？时代不同了，年轻人期望值往往很高，很多人想一夜暴富，不能承受短期内看不到回报的事。我也曾经是年轻人，很多希望都曾破灭。在我40多岁的时候，几乎所有希望都破灭了。当我抱着很大希望的时候，失望很多；当看不到希望之后，希望又好像慢慢看得见一点。但我认定要干的事，只想赢，不想输，人的信心很重要。

观其容，听其语，你也许读不出他跌宕起伏的人生，看不到在他温暖笑容中刻下的沧桑，但请一定不要忽略他亲自建造的条条路、座座桥。乡村一条条蜿蜒的公路、一座座美丽的桥梁正是他最为豪情的抒写和最为可贵的印迹。

古往今来，能成就大事的人物，总会用谦虚、勤劳和诚实来书写人生，抵达幸福的彼岸；总会有善良、纯朴、率真、热爱生命的人格品质；总会有乐善好施、扶贫济困的家国情怀，并为之践行一生。乔根善依然干着自己的事业，以优秀共产党员、人大代表和劳动模范践行善的理念，成为清水河县的公众人物，被人津津乐道。这个地道的黄河汉子，从小浸润中华传统文化、黄河文化，骨子里有一种博大的善济天下、回报家乡的拳拳之心。他身上所体现的创业精神、奉献精神，是中国人追寻、实现中国梦的缩影。

"一念慈祥，寸心洁白。"几千年来，"仁善"代代相传。春秋时

尾 声

期,孔子就曾孜孜以求探索着什么是"仁","仁善"的根基早已深埋在中华大地的沃土里,融入我们的血脉里。

有人说:乔根善是广结善缘的大好人。

有人说:乔根善是扶危济困的大救星。

还有人说:乔根善是有责任、有担当的慈善家。

……

我们可以用第四届《榜样》栏目给乔根善的致敬辞来做概括:

是有多真的情,才会对身边父老

这样知寒知暖贴心贴肺

怀有多深的爱,才会在这片乡土

甘散千金倾其所有

30多年扶贫济困、开路架桥

道且长,行未止

力有穷,德无疆

根,永系血脉大地

善,厚泽骨肉苍生

2020年,乔根善登上呼和浩特市委组织部、宣传部与呼和浩特市广播电视台隆重推出的"牢记初心使命,决胜全面小康"特别节目《榜样》栏目。当他身披红色绶带,接过沉甸甸的荣誉证书,一手捧着鲜

黄河赤子

花,一手举着奖杯在舞台上亮相时,全场爆发出热烈的掌声,摄像机的镁光灯不停地闪烁。他脸上洋溢着自信的笑容,眼眶里却噙着泪花。他怀揣初心,奋力拼搏,无私奉献,得到社会的认可。这是他行善举的一个里程碑!这是他人生中幸福的时刻!

乔根善生在黄河畔,长在黄土地,从小受黄河文化的浸润,做了家乡爱心的传递者。母亲河在千百年来一直为自己哺育过的子孙自豪和骄傲,乔根善就是母亲河的子孙,他以兴家报国的情怀和富而思进的责任担当,向清水河、向神州大地奉献自己的一颗赤子之心。

如今,他把建设有机农业循环产业园、走生态循环农业发展之路,作为新的奋斗起点。初心如炬、接续前行,他将继续以善行善举传递人间大爱,为全面推进乡村振兴和共同富裕再立新功!

后　记

　　长篇纪实文学《黄河赤子》着力刻画了优秀共产党员、人大代表、民营企业家乔根善的典型形象，真实记录了他创业奋斗、富而思进、兴家报国和无私奉献的传奇故事。

　　文以载道。路是脚走出来的，历史是人写出来的。人的每一步行动都在书写着自己的历史。在创作这本书之前，我前往清水河县做了深入细致的采访。采访对象中，有来自乔根善公司的员工，有得到他帮助的乡亲，有他帮助创业的年轻人，还有他的亲属和朋友。他们向我讲述乔根善的事迹，饱含深情，如数家珍，提供了大量珍贵的资料。他们对乔根善的浓厚感情和真情赞赏深深地感染了我，也让我有了一种传承历史文化、弘扬民族精神、启迪教育后来者的沉甸甸的责任。

　　在采写乔根善事迹的日子里，给我印象最深的是乔根善是清水河的公众人物，家喻户晓，深得人心。这次采访，既是一次心灵的洗涤，

黄河赤子

又是一次灵魂的洗礼；既是一次党性的回归，又是一次信仰的锤炼；既是一次梦想的召唤，也是一次时代的检验。这些都来源于大量感人的事迹。

一部作品只有首先感动作者，才能感动读者。在这部作品的创作过程中，当我写到乔根善身患重病还竭尽全力帮助别人时，当我写到他像对待自家兄弟一样对待农民工时，当我写到他遭遇车祸跌入谷底想跳黄河时，当我写到他大病初愈旋即垫资修建万和厚大桥时……我忍不住潸然泪下。这位先后两次身患绝症、年近古稀的老人，仍在追逐"中国梦"，为实现乡村振兴、共同富裕的愿景，在家乡旧城改造、乡村建设中发力，为的是建设美好家园。

这部作品的采写，得到了清水河县委宣传部、清水河县人大有关领导的大力帮助和支持，在此由衷地表示感谢！

感谢那些为此书贡献了才华、学识、经验和智慧的人们，尤其感谢杨德明、邢永晟、张全载，他们认真阅读、审阅文稿，并提出修改意见，令我受益匪浅。

书中的摄影作品，由李时光提供，为拙著增色不少，深表感谢！

远方出版社的领导、责任编辑和装帧设计诸位师友，为此书的出版发行做了大量的工作，谨表示诚挚的谢意！

2021年12月于呼和浩特市